# 枯野光

池田久輝

ハルキ文庫



角川春樹事務所

〈目次〉

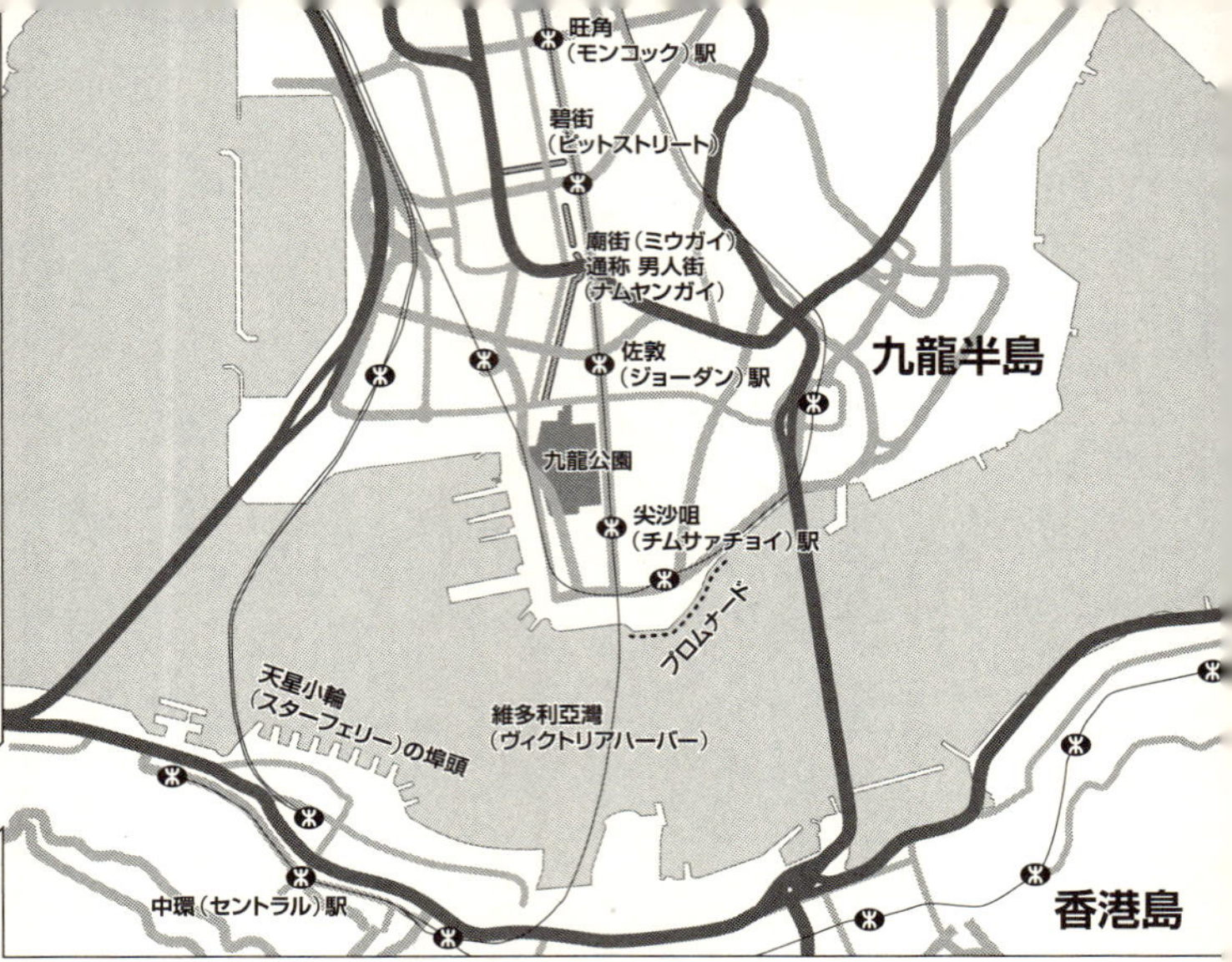
旺角
（モンコック）駅
碧街
（ピットストリート）
廟街（ミウガイ）
通称 男人街
（ナムヤンガイ）
佐敦
（ジョーダン）駅
九龍半島
九龍公園
尖沙咀
（チムサァチョイ）駅
プロムナード
天星小輪
（スターフェリー）の埠頭
維多利亞灣
（ヴィクトリアハーバー）
中環（セントラル）駅
香港島

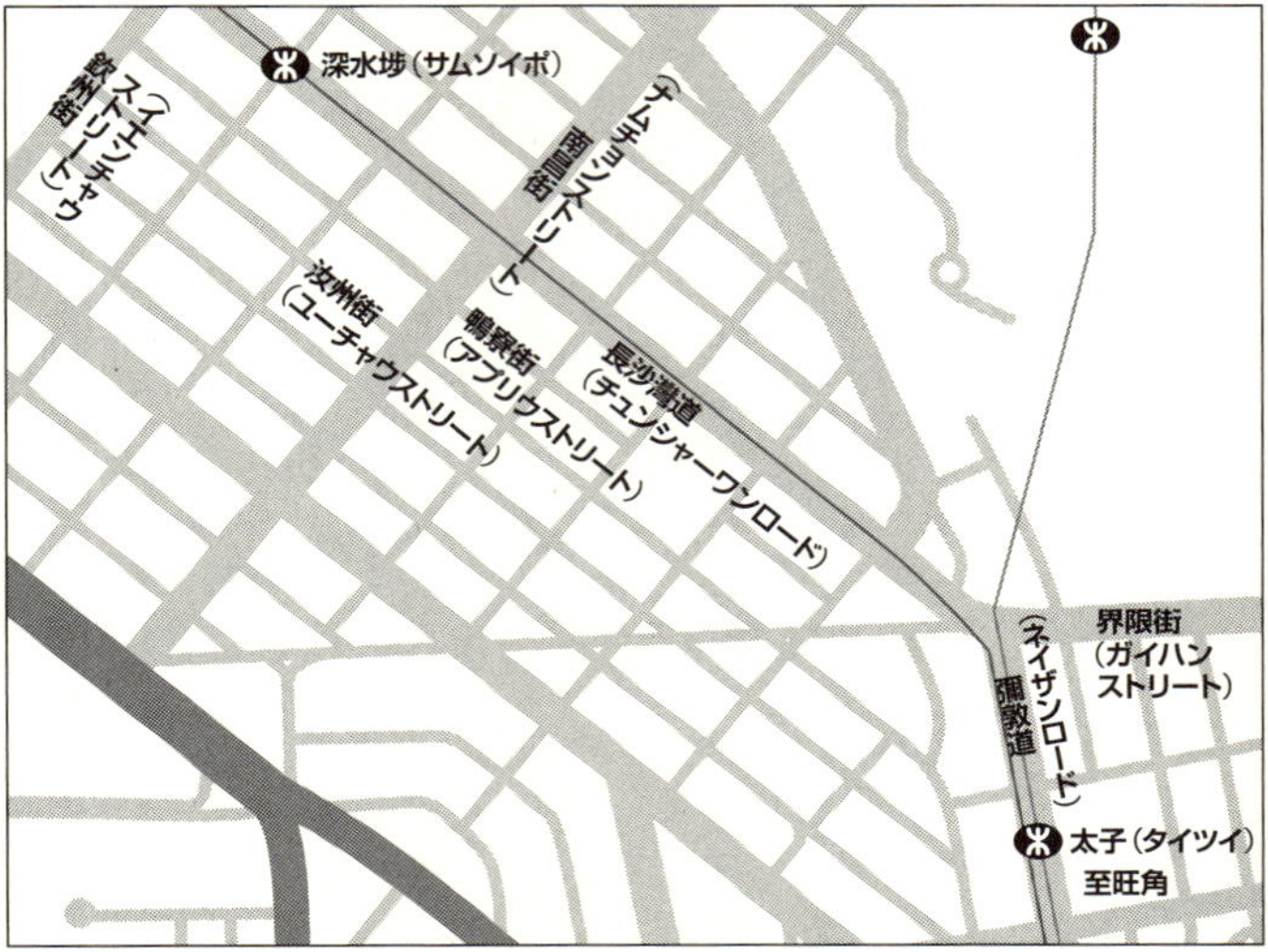
深水埗（サムソイポ）
欽州街
（イエンチャウストリート）
南昌街
（ナムチョンストリート）
汝州街
（ユーチャウストリート）
鴨寮街
（アプリウストリート）
長沙灣道
（チュンシャーワンロード）
界限街
（ガイハンストリート）
彌敦道
（ネイザンロード）
太子（タイツイ）
至旺角

# ［舞台地図］

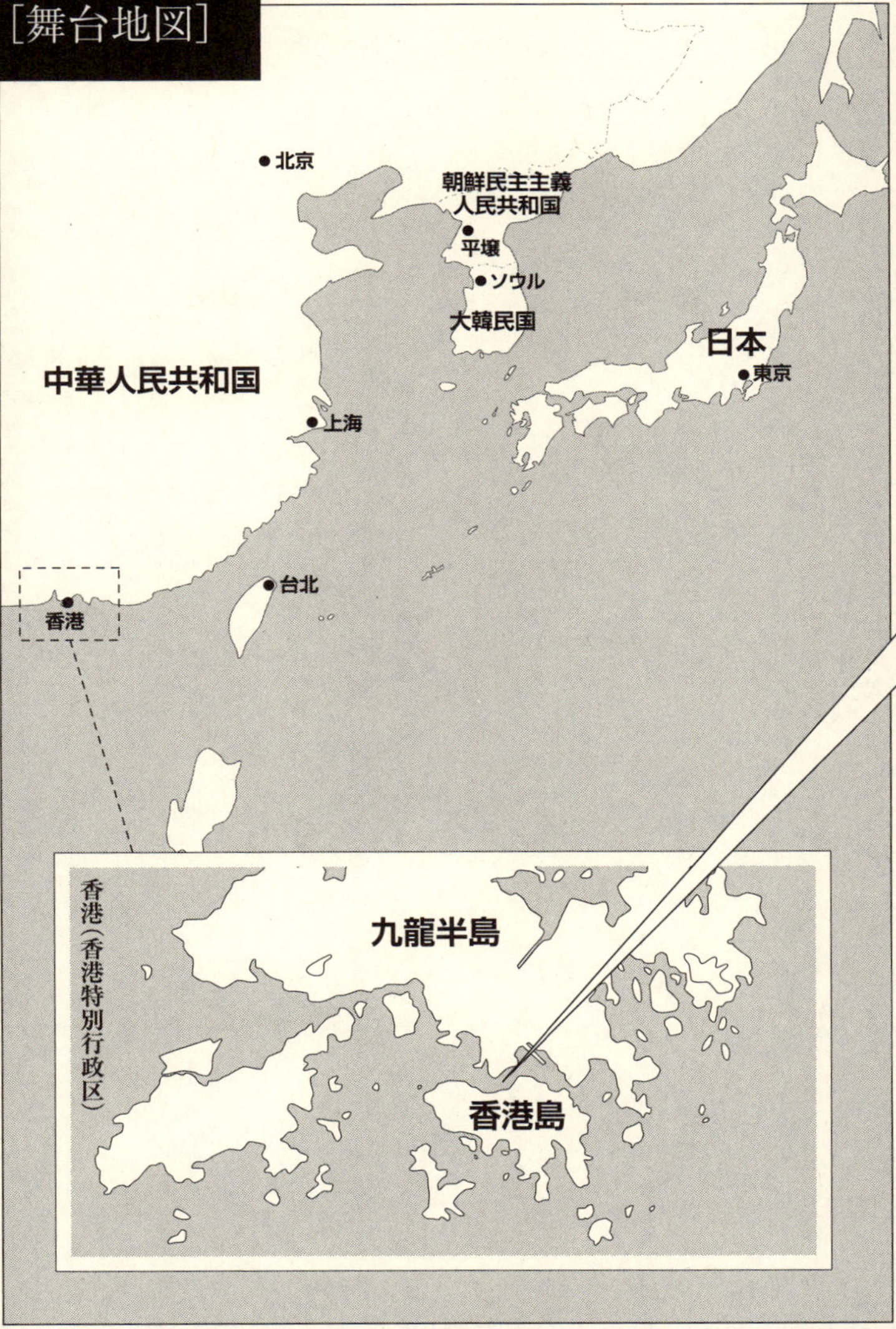
北京
朝鮮民主主義人民共和国
平壌
ソウル
大韓民国
日本
東京
中華人民共和国
上海
台北
香港
香港（香港特別行政区）
九龍半島
香港島

# 枯野光

かれのこう

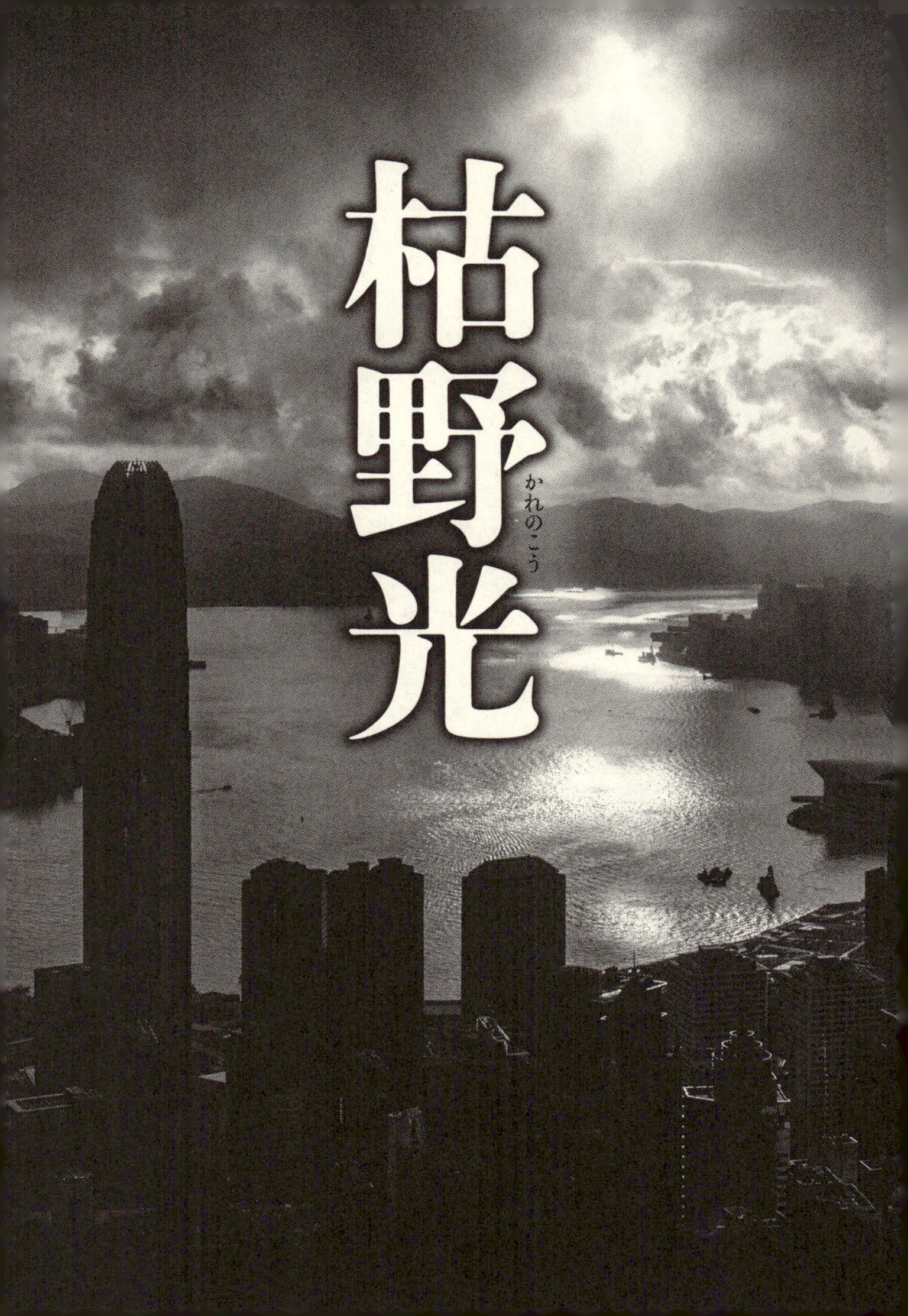

# プロローグ

島影が夕日を飲み込もうとしていた。青い海面に朱が滲《にじ》み始めている。穏やかな波だった。その波に任せ、陳小生《チャンシウサン》はずっと揺られ続けていた。浮かんでいるのが不思議とさえ思えるような古びた漁船である。どこまでも広がる大海原に対し、その漁船はあまりにも小さい存在だった。忘れ去られたかのように、ぽつんと波間に佇《たたず》んでいる。

エンジンを停止させてから、もう一時間が経《た》っている。

陳は舳先《へさき》に立ち、じっと海を眺めていた。

背後から強く風が吹きつけた。誘われるように振り返り、ふと岸を見る。いつの間にか、高層ビル群の姿が朧《おぼろ》げになっていた。そのくらいの沖に漁船はいた。

随分と流されたな——陳は思う。

朱に染まった海が動き出していた。風はまだやまない。

陳はぐっと右手を握り締めた。その手には大きな花束があった。

真っ白な百合《ゆり》——張玲玲《ヂョンレンレン》の好きな花だった。

三年前の二〇一〇年冬、玲玲は自宅アパートの屋上から身を投げた。十五歳という年齢で亡くなった。仲間である張富君《ヂョンフーワン》の一人娘だった。

陳は目を細め、玲玲の人懐っこい笑顔を思い浮かべた。

——玲玲、君が生きているうちに花を贈りたかったよ。

深く長く息を吐いた。

そして、ゆっくりと右手を宙へ差し出し、そっと花束を海へ捧《ささ》げた。

朱色に煌《きらめ》く波間に、十八本の白い百合が漂う。

しばらくの間、陳はその白い花を目で追い続けた。

三年前、玲玲の遺灰《いはい》はこの海へ撒《ま》かれた。彼女が好きだった維多利亞灣《ヴィクトリアハーバー》へつながる海に。

——十八歳になった君はどんな顔をしているんだろう。

そんな想像をしている自分に、自然と口元が緩む。

——玲玲、君はこの海のどこかで僕を見ながら、僕と同じように微笑《ほほえ》んでいるんだろうか。

固くまぶたを閉じた。それ以上何も考えず、陳はただ風の音を聞いていた。

再び目を開いた時、百合は海に溶け込んでいた。朱の中にほんの僅《わず》かな白が見えるだけだった。

完全に夕日が沈むのを待って、陳《チャン》は舳先を離れた。そのまま小さな操舵室へと向かう。エンジンを始動させた。重々しい振動が唸《うな》り声を上げ、船体を震わせる。一瞬にして海は騒々しく変化した。

と、その低音の間に、甲高い機械音が混ざって聞こえた。

陳の携帯電話だった。

とても応答する気分ではなかった。加えて、画面に表示された名前は、今最も話し相手になりたくない男でもあった。

――まったく、本当に間の悪い刑事だな。

陳は苦笑しながら、軽く舌を打った。

呼び出し音は数度鳴ったあと、あっさりと消えた。

それが合図であったかのように、開け放した小窓から海風が吹き込み、陳の頰《ほお》を冷たく撫《な》でた。

その風に向けて、長く汽笛を鳴らした。

玲玲《レンレン》に届くように。いや、玲玲に届くまで。

操舵室の中には、まだ微《かす》かに百合の匂《にお》いが残っていた。

# 現在

## 1　星期一《シンケイヤッ》（月曜日）　午後九時

観光バスの白い車体がずっと目の前にあった。その行き先は太平山頂《ヴィクトリアピーク》である。観光客たちはそこからこの街を眺め、きっと歓声を上げるのだろう。

一〇〇万ドルの夜景。これといった名所のない香港《ホンコン》においては、ある意味、唯一「綺麗《きれい》だ」と思える景色なのかもしれない。

だが、その地上の光の下に存在するのは、機関銃のように早口でまくし立てられる広東《カントン》語《ご》の洪水と、美意識などまったく感じられないネオンサインの渦。そして、大いに自分本意ではあるが、とにかく懸命に生きる七〇〇万の住人たちである。

それこそが夜景の正体だった。

陳小生《シウサン》はハンドルを握りながら苦笑を浮かべる。

遠くから見れば、どんな光だって美しく見えるものだ――。

ヘッドライトの先に、楽しそうに微笑《ほほえ》む横顔がいくつか浮かんだ。観光バスの後部座席に座った西洋人たちだった。

陳《チャン》は一つ息を漏らした。今日はとてもそんな風に笑える気分ではなかった。陳にとってはまさに、こういった観光客こそが貴重な収入源なのであるが、今は彼らに温かい眼差《まなざ》しを送ることができない。むしろ、何を暢気《のんき》に笑っていられる？　と毒づきたいほどに感情が揺れ動いている。

そんな陳の心を代弁したのか、背後からクラクションが鳴り響いた。後続のドライバーが渋滞に業を煮やしたに違いなかった。

太平山頂《ヴィクトリアピーク》へ向かう山頂道《ピークロード》は曲がりくねっている。ただでさえ速度は出せない。そこをのろのろと大型バスが走るのだから、渋滞するのは無理もなかった。

ルームミラーに目をやった。すぐ背後は紺のメルセデスベンツ、そのうしろには白のBMW、深緑のジャガーと続いている。この山腹に居を構える成功者たちだ。いや、成功したと思い込んでいる連中か。

陳のボルボはそろそろ中腹辺りに差しかかろうとしていた。白加道《ベイカーロード》を右に折れ、四角いバスの車体と別れる。そのまま坂道を少し登り続けたところに陳の自宅はあった。高級住宅が数軒と、高級マンションが数棟並ぶだけの地域だった。

「うん？」

と、陳は目を凝らす。決して明るいとはいえない街灯の下に、場違いな物が浮かんで見えたのだった。

だが同時にそれは、陳の口元をいくぶん綻《ほころ》ばせもした。

見覚えのあるトヨタのクラウンだった。バンパーは凹《へこ》み、塗装もはがれかけている。よくこの山道を登ってこられたなと思うほど、ひどく古びていた。しかし陳には、ベンツやBMWよりも、どこかしら生き生きと見えるのだった。

「参ったな。電話の次は……」

陳は明るく零《こぼ》す。

クラウンは陳の自宅の門を塞《ふさ》ぐような形で停《と》められていた。

車の主は──羅朝森《ローチウサム》刑事に間違いなかった。

陳はボルボをその後方に着け、運転席のドアを開けた。

猛禽類《もうきんるい》を思わせる鋭い双眸《そうぼう》が陳を出迎えた。街灯の灯《あか》りが、短く刈り込んだ頭と歪《ゆが》んだ分厚い唇を照らし出していた。

「ちっ、てめえ、どこをほっつき歩いてんだよ」

そう言って、羅刑事はボルボのボンネットに尻を落とした。

「別にほっつき歩いちゃいない。何だい、いきなり」

「陳小生《シウサン》よ、てめえ、大したもんだな。いつ見ても驚かされるぜ。この豪邸にはな。裏稼業ってのは凄《すげ》えもんだ」

「またそれかい？　もう聞き飽きたよ。その裏稼業から借金しているのは誰だ？　って皮肉を言い返すのは更に飽きたな」

陳《チャン》は青いダウンジャケットからタバコを抜き出し、火を点《つ》けた。海から吹く風が太平山頂《ヴィクトリアピーク》の斜面を駆け上ってくる。その湿った風に身を震わせた。これなら、先程までいた船上の方がまだ暖かいくらいだった。

「羅《ロー》刑事、君は誤解しているようだから、はっきり言っておく。僕は何も好き好んでここに住んでいるんじゃない。この家は世話になったある人から頼まれて購入したんだ。君が欲しいと言うのならいつでも売るよ。一人暮らしの僕には広過ぎる。第一、あまりにも立地が不便だ」

「ふん、結局は皮肉かよ」と、羅が目を細める。「家を買う金などある訳ねえだろうが。てめえへの借金がまだまだ残っているのによ」

「更に貸してくれってて？」

「違う。金を借りに来たんじゃねえよ。それなら旺角《モンコック》へ行く」

陳の仕事場はこちら香港島ではなく、対岸の九龍《ガウロン》半島にある。その中心地の一つ、旺角に陳は事務所を構えていた。

「じゃあ一体、何なんだい？　わざわざ僕の自宅まで訪ねて来るほどの用件ってのは」

「ちっ、てめえ、本当に嫌な野郎だな」

羅はお得意の舌打ちとともに、ボンネットに乗せた尻を持ち上げた。

「そうかな？　自覚はないんだけれど」

「自覚があるなら尚更《なおさら》悪いぜ」

羅は、しわだらけのステンカラーコートのポケットに両手を突っ込んだまま背を向けた。コートの裾《すそ》が風になびく。

その先には香港の夜が広がっている。中環《セントラル》を中心にして、人工の光が縦横無尽に蠢《うごめ》いていた。

午後九時。まだまだここの人間は精力的に働き、あるいは旺盛《おうせい》に食事をし、大いに酒を飲んでいる。一つ光が消えれば、また別の一つが点《とも》る。その消滅と誕生は深夜を過ぎても繰り返される。

「しかしよ」と、羅が背中越しに言った。「この街は露骨過ぎるな」

「露骨？」

「てめえのような金持ちはこうして山頂《ピーク》に豪邸を建てる。そして、庶民は地上で汗水を垂らしてせっせと働く。勝者が敗者をあからさまに見下ろす。一目瞭然《いちもくりょうぜん》だ。こんな街、他にあるか？」

「多分、ないだろうね」

「そんなにオレらを見下ろしたいか」

「別に見下ろしているつもりはないよ。少なくとも僕はね」

二人の傍《そば》を黄色のポルシェが通り過ぎて行った。この一角の先端に建つ屋敷の車だ。長年に渡って薬品会社を経営している一族のものだった。

「勝者だから上に昇るんじゃないと思うよ」と、陳《チャン》は言った。「勝者であることを常に確認していたいから、こんなところに家を構えるんじゃないかな」

「勝者でいることがそんなに重要か？」

「彼らにとってはね」

陳はずっと先にあるポルシェの影をあごで示した。

「ちっ、馬鹿馬鹿しい」

羅《ロー》はまた激しく舌を打ち、くるりと振り返った。コートのポケットに突っ込んだ彼の右手が細かく震えていた。寒さのせいではないだろう。その証拠に、陳を睨《にら》みつける目はひどく熱い。

「うん、馬鹿じゃないかと僕も思うね」

羅は下唇を固く噛《か》み締めたまま、しばらくの間、じっと黙り込んでいた。何を考えているのか分からなかったが、何かを逡巡《しゅんじゅん》しているであろうことは見て取れた。

不意に羅の右手が止まった。

「――頼みがある」

濁った声が夜を割くように陳の胸にぶつかった。あまり目にしたことのない羅の神妙な顔つきに、陳は眉根《まゆね》を寄せた。

「聞こうか」

羅がコートのポケットから一枚の紙らしき物を抜き出した。先程右手を震わせていたのは、これをきつく握っていたせいらしい。

「こいつを捜し出したい」

コートと同じように幾筋ものしわが走った白黒の写真だった。

そこには一人の男が写っていた。これといった表情を浮かべず、やや斜め下方を向いている。伏し目がちだが、大きな二重の瞳《ひとみ》であることは分かる。が、やはり感情は読み取れない。被写体になっているという意識のないまま、この男はシャッターを切られたのかもしれない。ただ、少々暗い印象を与える写真であることは確かだった。

「この男は誰なんだい？」

一見したところ、二十歳前後に映る。皮膚はぴんと張っており、しわ一つない。顔全体に幼さが残っており、少年のように見えなくもなかった。白いTシャツを無造作に着用しているが、その胸や肩の筋肉が生地を押し上げている。鍛えられた体軀《たいく》であることは明らかだった。

「……言えん」と、羅《ロー》が首を横に振った。

「言えない？」

「言ったところで、てめえには関係ねえよ」

「どうして関係ないと言い切れる？」

「決まっているだろうが。オレがそう判断したからだ」

「それはそれは。名前も知らされずに男を捜せって？」

「そういうことだ」

「それはつまり、言えないのではなくて、言いたくないってことかな」

途端に羅の視線が鋭く変化する。双眸がまた熱を発していた。

――相変わらず、分かりやすい男だな。

陳《チャン》はその熱気を受け流すように、柔らかな笑みを返した。

「羅刑事、君の知っている男なんだな？」

「ああ……知っている」と、羅は少し俯《うつむ》く。「正確に言うならば、知っていた男だ」

「知っていた？　それはどういう意味だい？」

「文字通りだよ。昔、そいつと付き合いがあった」

「付き合い？」

羅がそこでまた黙り込んだ。

「ねえ、羅刑事。こうしてわざわざやって来たんだ。出し惜しみをしても無意味なんじゃないかな」

「別に惜しんじゃいねえよ。正解かどうか分からねえだけだ」

「正解？」

「てめえに頼むことがだよ」

「はは、ここまで来てそれはないだろう」

「うるせえ」と、羅が苦々しく視線を逸《そ》らせた。

「少しばかり古びた写真だね」

「二十数年前のものだ。そいつは今、四十三歳になっているはずだ」

「君と同じ年くらいか」

「……まあな」

「ということは、君とこの写真の男は二十歳前後の頃、知り合いだった」

羅が無言で頷《うなず》いた。

陳は写真と羅を見比べ、軽く微笑んだ。この横柄な刑事にも、当然ながら二十代という若々しい時代があったのだ。だが、陳にはどうにも不思議でならなかった。その姿がまったく想像できない。広い額に短く刈り込んだ頭。鋭くぎらついた目。そこには若さを拒絶する何かがあった。

「何だよ?」と、羅《ロー》が口を歪ませる。

「何でもないよ。さて、僕に頼むってことは、内々で処理したいってことだね?」

「当然だ。オレも動いてはいる」

「そうだろうな。君はさっき、『捜してくれ』じゃなく、『捜し出したい』と言った」

「ああ、言った」

「警官として動いているのか?」

「ふん。だったら、てめえに頭なんか下げねえよ。警察沙汰《ざた》にしたくねえから、こんなところまで来ているんだろうが」

「なるほど。一個人としての頼みってことか。でも、捜査に行き詰った」

「ちっ、その通りだよ。認めたくはねえがな」

「へえ、珍しいな。今日はやけに素直じゃないか」

「何だと!」

羅の右手が陳《チャン》のダウンジャケットの胸倉をつかみ上げていた。

「てめえ、茶化すのもいい加減にしやがれ。金以外のことじゃ真面目《まじめ》に話す気になれねえってか、え?」

「僕はいつも真面目なつもりなんだけれど――」

羅は憎々しげに握った拳《こぶし》を解き、また背を向けた。

「聞く気がねえんなら、はっきりそう言え。ふざけた耳を千切り取って、土産に持って帰ってやる」

「随分な物言いだな。まるで素性の分からない男を捜せ、なんてこと自体、僕を茶化しているとしか思えない。おまけに写真は二十年以上も前のものだときている。こんな話、誰も真面目に聞かないだろうさ」

「てめえもそうだってのか？」

「さあて」

「ふん、てめえを選んだのが間違いだったな」

羅は愛車の横に立ち、運転席のドアハンドルを乱暴に引いた。

「ちっ、オレとしたことが……どうかしていたぜ。時間を無駄にしちまった」

「別に間違っちゃいないよ」と、陳は微笑んだ。

「はあ？」

「君がどう考えたにせよ、僕を選んだのは間違いじゃない、そう言ったんだ」

羅は黙ったまま、半開きになったドアを再び閉めた。あれほど猛々《たけだけ》しかった凶暴な目がいくぶん穏やかになっている。

――単純だけれど、面白い男だ。

陳はそんな羅刑事が決して嫌いではなかった。

「条件は何だ？」と、羅《ロー》が訊《たず》ねた。

「そうだな」陳《チャン》は両腕を組み、少し首を傾ける。「今すぐには思いつかないな。とりあえず、貸しということにしておこうか」

「あとで無茶な要求をしても、オレは応《こた》えねえぞ」

「それはルール違反だ。必ず応えてもらう」

陳は冷たく言い放った。

羅が瞬間、身構えるような素振りを見せた。コートの下の分厚い両肩がぐっと盛り上がり、大きく体積を増したのが見て取れる。

陳は眼下に這《は》う夜の街を眺めながら、はっきりと告げた。

「羅刑事――僕ならば、必ずこの写真の男を捜し出せると思うよ」

## 2　星期二《シンケイイー》（火曜日）　午後二時

「その信号の先で」

石原雪子《いしはらゆきこ》はぶっきらぼうに告げた。少し太った運転手は雪子に負けず面倒くさそうに、

「ああ、そう」と一度だけ頷いた。自宅から一本東の通りだったが、もう我慢ならなかっ

た。

急ブレーキが踏まれ、つんのめるようにして的士《タクシー》が止まった。気遣いのない運転に、雪子はまた猛烈に腹を立てた。

――ここには親切なドライバーがいないのか？

雪子は胸の内で激しく毒づいた。実際、これまで何度も口にした文句だった。だが、もう言葉にするのは諦《あきら》めていた。口に出したところで、どうにもならない。そんな忠告など、この地の運転手は聞く耳を持ち合わせていないのだ。

「だったら他の的士に乗れよ」

何の恥じらいもなく、そう言い返されるのは明らかだった。その自己中心的な態度は、この一年の間で嫌というほど経験した。ぎゅっと手のひらを握り締めるほどに痛感したことだった。

――やっぱり、この街には馴染《なじ》めない。

雪子は一つ溜息《ためいき》を吐《つ》き、代金を支払った。運転手は変わらず無愛想に紙幣を受け取った。

「馬鹿じゃないの」

雪子は険しい顔で日本語を投げつけた。意味のない抵抗であるのは分かっていたが、思わず口を衝《つ》いて出ていた。

この街にやって来て一年が経《た》つ。

雪子自身、望んで足を踏み入れた。

この街で暮らす——その覚悟を持って飛行機に乗った。

しかし、その覚悟は着陸してから数日後に早くも揺らぎ出した。雪子の頭の中で、ギシギシと嫌な音が鳴り始めた。

正直なところ、その騒音は今でもあまり変わりない。常に雪子の体内で危うく鳴り響いている。できることなら日本に帰国したい。アパートを引き払い、空港へ駆けつけたい。この雑多で喧《やかま》しく、本性むき出しの街と人々の洪水から逃れたい——。

けれど、それはまだできない。

雪子は今日何度目かの溜息を零し、大きく肩を落とした。

雪子の自宅アパートは深水埗《サムソイポ》にあった。九龍《ガウロン》半島の中心地の一つである旺角《モンコック》からは、地下鉄MTRで二駅北にあたる。電脳街として広く知られ、「香港の秋葉原」と呼ばれる地域でもある。

確かに、そういった部品やジャンク品などを扱う店は多い。鴨寮街《アプリウストリート》の露店街を通れば、新旧を問わず、膨大な数の携帯電話やゲーム機を目にすることができる。

しかし一つ路地を入れれば、そこには歴然たる日々の生活があった。飲食店に本屋、小さな病院もあれば、ちょっとした市場もある。行き交う人々からは、パソコンなど触ったこともない、といった裏腹な印象も受ける。

眩《まばゆ》いネオンサインから逃れれば、そこには本当の生活がある。光の中にではなく、影にこそ、活気に満ち溢《あふ》れた彼らの日々はある。薄暗く、気味が悪く、思わず目を逸らせたくもなるが、光の中では決して見えない日常がそこに存在した。仲間と肩を組み、食事を楽しみ、そして笑い合う。その風景は、雪子が好きな数少ない香港の日常でもあった。

鴨寮街から一つ西にあたる汝州街《ユーチャウストリート》へ入った。

ここはビーズストリートという別名を持っている。その名の通り、ビーズをはじめとした手芸品店が多く、一見したところ色鮮やかに映る。だが、ちょっと視線を上げれば、そこにあるのはくすんだ灰色だ。通りの両側に連なる建物はどれも似たような外観で、一様に老朽している。その合間に覗《のぞ》く細長い空は、どことなく寂しげだった。まだ午後二時を過ぎた頃だというのに、何故《なぜ》か黒く見えもする。太陽の光は地上まで届いているはずなのに、まるで眩《まぶ》しさを感じない。

――今日はいつもより暗く見えるな。

雪子はこれ以上気分が滅入《めい》らないよう、ビーズ店の原色だけを眺めつつ、自宅アパートの前まで歩いた。

アパートの一階には、呉飯堂《ウーファントン》という食堂が入っている。雪子はそのガラス戸を覗いた。古い建物のせいか、油が飛んでいるのか、透明だったはずのガラスは相当に黄ばんで曇っている。

雪子は空席を確認しながらガラス戸を滑らせた。ざりざりと砂利をすり潰《つぶ》すような音が鳴った。

「こんにちは」

「やあ、雪ちゃん」

同い年の店主、呉星《ウーシン》が厨房《ちゅうぼう》から顔を出し、軽く右手を挙げた。左手は重そうな中華鍋《ちゅうかなべ》を器用に振り続けている。

「今日は早いな。いつも深夜近くなのに」

張りのある声が一直線に飛んできた。

「ううん、まだ仕事が終わった訳じゃないの。ちょっと忘れ物を取りに戻っただけ」

「じゃあ、今から昼ご飯？」

「うん、そう」

店内には三組の客がいた。何度か見かけたことのある顔だ。恐らく、雪子と同じくこの上の階に暮らす住人たちだろう。彼らと簡単に目で挨拶《あいさつ》を交わし、空いている丸イスに腰を落ち着けた。

テーブル席が四つと、カウンター席が五つという小さな店だ。雪子の部屋と面積は同じだろうが、少し窮屈に映る。そして何より騒々しい。テーブルでは広東語が飛び交い、いくつもの箸《はし》は皿を叩《たた》くようにして料理を啄《ついば》む。皿と皿は激しくぶつかり、割れるのではないかとさえ思えるほどだ。

この一年の間で、そんな考えられないような音も楽しめるようになった。そうでなければ、食事一つできないのだから。

「飲むか？」

テーブルにどんと啤酒《ビール》瓶が置かれた。嘉士伯《カールスバーグ》だった。見上げると、呉星が白い歯をむいて微笑んでいた。

「まだ仕事中なんだけどな……」

「一本くらいどうってことないだろ。アルコールが抜けてから仕事に戻ればいい」

「わたし、そんなに強くないよ」

「知ってる。でも、俺は啤酒に合うように料理を作ってるからな。お茶よりは酒の方がいい」

それを言われると、反論のしようがなかった。あの腹立たしい的士《タクシー》の運転手を忘れるためにもと言い訳を作り出し、雪子は瓶に口をつけた。

「いつも通り、お任せでいいか？」

「うん、それでいい」

この程度の簡単な広東語は雪子も理解できるようになっていたし、また、話すことにも不自由はなかった。呉星も雪子のことを考慮し、比較的分かりやすい言葉を選んでくれていた。

しかし、少しばかり早口であったり、あるいは長いセンテンスになると、途端に頭と耳が追いつかなくなった。おおよその意味さえ分からなかった。雪子にとって広東語は、香港の街と同様、どうにも不可解なものであった。

隣のイスに置いた黒のトートバッグから手帳を抜き出し、明日の予定を確認した。明日は朝八時に出社予定だった。諸々《もろもろ》の準備を終えたあと、観光バスに乗り込み、いくつかのホテルを回って参加者をピックアップして行く。午前十時より、日本人客を対象とした観光ツアーに出かける。雪子は、ここ香港でツアーガイドの仕事に就いていた。親会社である日本の旅行代理店から送られてきた参加者リストを確認する。合計二十九名。今の段階では、キャンセルは出ていない。ざっと見たところ年齢層は比較的若く、学生が多いようだった。

――少しは楽かな。

面倒な中年女性の団体客でないことに、雪子は胸を撫《な》で下ろした。

「はいよ」

呉星《ウーシン》が放《ほう》り投げるようにして、テーブルに三つの皿を並べた。

魚香茄子《ユーヒョンケイジイ》に小ぶりの雲呑麵《ワンタンミン》、そして白米。雪子の好きなメニューだった。

すべての皿から湯気が立っている。辛く、甘く、そして温かい。そんな湯気を見ているだけで、いくらか疲れや苛立《いらだ》ちが遠のいていく。この地にやって来て、雪子の肌に合ったのは、いや、口に合ったのはこれら香港の家庭料理であった。

「お、やっと笑ったな」

呉星が向かいの席に腰を下ろし、浅黒い顔を緩ませた。黒くはっきりとした眉の下に、いかにも東洋人らしい切れ長の双眸が線を引いている。

「うん……」

「雪ちゃんがこの店に来る時は、いつも曇った顔をしている。うちのガラス戸みたいにさ」

呉星はさほど長くはない足を組み、テーブルに頬杖《ほおづえ》をついていた。包丁を振り下ろし、鍋を振り続けたせいだろう、その腕は異常に逞《たくま》しい。まくり上げたパーカーの袖《そで》から、丸太のような筋肉が溢れ出している。その上半身をはじめ、彼の体はまるで壁のように四角かった。

「わたし、いつもそんな顔してる?」

「してるな。雪ちゃん、自分で気付いてなかったのか?」

「そういう訳じゃないけど」

「その理由を訊《き》いたって、教えてはくれないんだろうな」

「だから、仕事が忙しいせいだって――」

「違うな。いや、それも理由の一つなんだろうけどさ、何かもっと別の原因もありそうだ」

「え？」

レンゲをつかんだ雪子の手が動きを止めた。雪子はじっと呉星《ウーシン》を見つめ返す。

「そんなに驚くようなこと言ったか？　だってさ、辛《つら》い仕事なんだったら、俺はすぐに辞めて、それで終わりだ」

「ああ……」

「ああ、ってことはないだろう。これでも心配してるんだ」

呉星は眉を八の字に傾け、絵に描いたような困った顔を作っていた。

「そう簡単にはいかないって。嫌だから辞職する、そんな単純な思考回路じゃないよ、わたし」

「単純がどうして駄目なんだ。そうやって簡単に考えた方が先に進みやすい」

「だから、そんなに簡単に世の中は運ばないんだって」

やはり、雪子の思い違いだったか。彼は人をじっと観察し、察するような性質ではない。

彼が持っている繊細さのすべては、料理に注ぎ込まれているに違いなかった。

「まあ、いいや」と、呉星が席を立った。「でも、これだけは言っておく。ここには、そんな陰気な顔をして生活している人間なんか一人もいない」

厨房へ戻る呉星の四角い背中を、雪子は黙って見送った。

確かにそうだ。この街に暮らす者は皆、どういう訳か陽気に笑い声を上げている。その熱気は戸惑うほどに力強い。空元気《から》だろうが何だろうが、とにかく住人たちは懸命に前を向いている。いや、前だけを見ている。この街を歩くうちに、雪子はそれを感じ取っていた。

ぼうっとしていたら置いていかれる――。

雪子の過ごす時間の流れは、日本にいた一年前よりも明らかに速くなっていた。

「さあ、早く食って仕事に戻りな」

呉星の言葉を合図に雪子はレンゲを動かし続け、咀嚼《そしゃく》を繰り返した。茄子《なす》に絡んだニンニクと豆板醤《トウバンジャン》が食欲を刺激する。エビの旨《うま》みが溶けたスープが胃に染み渡っていく。

最後の一口を啤酒《ビール》で流し込んだ時には気分も晴れていた。

「呉星さんの意見には賛成できないけど、お礼は言っておくね。お釣りはいい」

雪子は六〇HKドルをテーブルの上に置いた。

店を出て、すぐ横にある細い通路を進むと、二機のエレベーターに突き当たる。奇数階用と偶数階用とに分かれているのだ。

雪子は向かって右側の偶数階用のエレベーターに乗った。

軽くアルコールが回っているのが自分でも分かる。呉星の口車に乗ったのはまずかったかもしれない。お酒が抜けるまで少し部屋で休もうか。そんなことを考えながら、雪子は八階フロアでケージから降りた。

通路は南西へ伸びている。陽《ひ》はほとんど差さず、日中でも薄暗い。そのため蛍光灯が常時点けられているのだが、その大半は点滅しているか、切れているかのどちらかだった。

手前から数えて、四つ目の扉が雪子の部屋であった。

――うん？

一つ目の扉を越えようとした時、一人の男性らしき人影に気付いた。

そして、その人影は雪子の部屋の前にいるようだった。

――配達かな？

声をかけようとした。しかし、その声が喉《のど》の奥で引っ掛かった。

何か、おかしい。

瞬時に、雪子は異質な空気を感じ取っていた。

人影の全身は黒で覆われていた。黒いズボンに黒いジャンパー。その上には、顔を隠すように黒のニット帽を目深に被《かぶ》っている。

――誰？

違和感が徐々に恐怖へと変わっていく。

しばらくの間、雪子は棒立ちになっていた。体がぴくりとも動かない。そして、人影にも動く気配がなかった。

薄暗い通路に浮かんだ黒い影――輪郭がぼやけ出した。それがアルコールのせいなのか、恐怖のせいなのか、雪子には判断がつかない。ただ、男性であることだけは分かる。大きな体だ。

黒い影は格子のはまった小さなガラス窓を覗いていた。その向こう側にあるのはキッチンだ。

――どういうこと？　どうしてわたしの部屋を？

様々な疑念が雪子の全身を駆け巡った。警戒の色が体中から溢れ出していた。

雪子は音を立てないようにして、進んだ分だけ退いた。だが、背中と肘《ひじ》が閉じられたエレベーターの鉄扉にぶつかった。ガンという甲高い金属音が微《かす》かに響いた。

その時、影が動いた。

はっと飛び跳ねるようにして、小窓から距離を取った。

そこからの影の動作は驚くほどに俊敏《しゅんびん》だった。雪子が数度の瞬《まばた》きをするうちに、影の姿はもう通路の奥へ溶けていた。

雪子は脇にきつく挟んでいたトートバッグから、そっと携帯電話を取り出した。腕が震えている。

「どうした？　忘れ物か？」

相手はすぐに応答に出た。聞き慣れた声を耳にし、雪子の膝《ひざ》が砕けそうになった。

「呉星《ウーシン》さん、お願い。すぐに八階まで来て」

それだけを小さく告げて、電話を切った。

そして、エレベーターの壁面に沿って移動し、雪子は傍の階段にふらふらと腰を下ろした。同時に深呼吸を繰り返し、できる限り冷静になるよう努めた。

成功したとは言い難い。

しかし、先程よりはいくぶん視界が明るくなっていた。

あの瞬間、男と目が合ったような気がする。

その一方で、自分が見たものは現実なのだろうかと疑いもする。

何もかもが判然としないほど瞬間的に、男の影は嘘《うそ》のように消え去っていた。

エレベーターの扉はまだ開かなかった。

## 3　星期二《シンケイイー》（火曜日）　午後四時

旺角《モンコック》にある事務所で、陳小生《チャンシウサン》はじっと写真を見つめていた。昨晩、羅朝森《ローチウサム》刑事から強引に渡されたものであった。

狭いアパートの一室である。玄関というものはなく、扉を開けると一つの空間だけが存在している。

コンクリートの壁には縦横無尽に亀裂《きれつ》が走り、完全に原形を保っている窓ガラスは一枚もない。角が割れているか、あるいはテープを張って簡易的に補修されていた。十二月の風は、そのすべての窓ガラスを震わせ、奔放に隙間を通り抜けてくる。

室内だというのに、陳は青いダウンジャケットを羽織ったままの姿であった。午後四時の太陽は窓際をほんの少し撫でる程度で、ひどく頼りない。陳は中央に置かれたソファーに深く腰を預け、小刻みに両足を動かし続けていた。

「寒いのか？」

向かいのソファーに座っていた男がぼそりと言った。

「うん、少し寒いな」と、陳は答える。

「風邪でもひいたか」

「いや、健康そのものだよ」

「それなのに寒い？　俺にはまだ暖かいくらいだ」

向かいの男――新田悟《にったさとる》がタバコに火を点け、煙を吐き出した。その紫煙はたちまち隙間風に乗り、部屋の隅へと運ばれて行く。

陳はその寒々しく白い筋を何気なく目で追った。

「暖かいだって？　サトル、正気かい？」

陳《チャン》は視線を戻し、大袈裟《おおげさ》に肩を竦《すく》めて見せた。

「あんた、日本の冬を知っているだろう？　これで寒がっているようじゃ、日本ではあっという間に凍死する」

「だから、絶対に冬には行かない。サトル、冬には雪が降るだろう？」

「ああ、降るな」

「想像しただけでも背筋に悪寒が走る。いや、それは雪景色が美しいことは分かっているよ。僕だって実際に見たことはある。確かに幻想的だ。ここには決して降らない白い結晶──雪を見たがる香港人は多いからね」

「なかなか詩人だな」

「そうかい？」

陳は両腕を組み合わせ、少し身震いした。

「では、日本に行きたいって相談じゃないんだな？」と、悟が無愛想に皮肉を返す。

「当たり前だよ」

陳は雪だるまのように上半身を丸め、悟に向けてじっと視線を送った。

悟がぴくりと身構え、灰皿にタバコを捨てる。

二人の間には正方形のガラステーブルがあった。陳は手にしていた写真を白く濁った天板に滑らせた。その上で写真はくるりと回転し、悟の前でぴたりと止まった。

「誰だ？」

悟が写真を覗き込んだ。そして、恐る恐るといった感じで、天板へと右手を伸ばした。

「まだ分からない」

「まだ？」

「サトル、嫌な顔をするね。僕は何も言っちゃいない」

「あんたが続けて口にしそうなことは想像がつく。この写真の男を捜し出せ、そう言うんだろう？」

悟の口調には明らかに不満の色が滲《にじ》んでいた。これ以上仕事を増やさないでくれ、彼の険しい表情は如実にそれを語っていた。

陳はジャケットのポケットからタバコを取り出し、「違うよ」と答えた。

「いや、まったく違うってことでもないんだけど」

「ん、どういう意味だ？」

陳は体を丸めたまま前傾し、写真を指し示した。

「その男に見覚えはないかい？」

「見覚え？」と、悟が首を傾《かし》げた。「俺が知っているべき男なのか？」

「そうじゃないよ」

「……見たことのない男だな。第一、この写真はいつ撮られたんだ？　俺には相当昔のように思えるが」

「二十年ほど前だそうだ」

「二十年？　おい、陳《チャン》。あんた、記憶が後退するには早過ぎる。俺がここにやって来たのは三年前のことだ」

悟が苦々しい顔で写真をテーブルに戻した。

本人の言う通り、彼がこの地に足を踏み入れたのは三年前の二〇一〇年のことだった。

その年の冬、陳は悟と偶然に出会った。

冬の日の早朝、維多利亞灣《ヴィクトリアハーバー》での出来事だった。陳が何気なく腰を下ろしたベンチの傍らに、同じように座る男がいた。その男はひどく茫洋《ぼうよう》としており、ただただ海を眺め続けていた。観光客としては異質で、また、地元の者とも思えない空気が漂ってもいた。陳はその姿に興味を覚え、声をかけた。その男が日本人である新田悟だった。

「何も忘れた訳じゃないさ」と、陳は微笑む。「ちゃんと覚えているよ。サトルと出会った頃のことは。今日みたいに肌寒い冬の日だったな」

「昔話はあまり好きじゃない」

「僕も昔話をするつもりはないよ。サトル、この写真から何か気付くことはあるかい？」

「気付く？　あんた、俺を試しているのか」

「違うよ。誤解しないでくれ。僕は意見を聞きたいだけだ」

その問いの真意を探っているのか、悟の目が厳しくなった。

「背後に写っているのは香港島だろう」と、悟が答えた。「この薄暗い灰色は維多利亞灣だ。そう考えると、これは尖沙咀《チムサアチヨイ》から撮影されている。俺がここに来た時、既にこんな風景は失われていた」

尖沙咀は九龍《ガウロン》半島の南端に位置する繁華街である。その突端の東側にはプロムナードが整備されており、観光名所の一つにもなっている。そこから維多利亞灣を挟んで望む香港島の高層ビル群は、この地を象徴する景色だとも言えた。

だが、その風景が写真にはなかった。確かにビルは建っている。しかし、せめぎ合うように林立する現在と比べると、ひどく長閑《のどか》なものであったし、ビルの形も画一的で味気なかった。

「僕もそう思う。尖沙咀から撮られたのだろうな」

陳はそこでふと鼻息を漏らした。

「何だ？」

「いや、そう言えば、サトルと初めて会ったのも尖沙咀だったと思ってね」

「あんた、やっぱり昔話がしたいのか」

「さあ、そうなのかな」

陳《チャン》は大きく伸びをしたあと、タバコに火を点けた。

「それで、俺にどうしろと?」と、悟が訊いた。「誰かも知らない写真の男を見せて、俺にどうしろと言うんだ」

「その写真を持っていてくれたらいい。今のところは、その男性を気にかけておいてくれたらいいよ」

「気にかける? それだけ?」

「それだけさ」

「それはつまり、捜せという命令か」

「命令って言葉はあまり好きじゃない」

悟が怪訝《けげん》そうな表情を浮かべた。何やら言いたそうな気配を漂わせていたが、結局は何も口にしなかった。

「話は終わりか?」

「そうだね。もし、その男性を見かけたら連絡をくれないか」

「見かければ、だな?」

「うん」

悟は写真をジーンズの尻ポケットにしまい、立ち上がった。ジーンズの上は、薄手の綿ジャケットを羽織っているだけである。その白い生地には、細く黒い線が走っていた。

「よくそんな格好で平気だな」

「日本人には、これくらいでちょうどいい」

「ねえ、サトル。その写真の男だけれど――誰かに似ていると思わないか？」

悟が足を止めた。そして振り返らずに、「いや」と答えた。

「そうか。ずっと考えているんだけれど、誰だか思いつかないんだ」

悟は陳の言葉を残したまま、事務所から去って行った。

一瞬開いた扉から、冷たい風が塊となって室内に滑り込んでくる。陳はそれを避けるかのように、隅にある簡易キッチンへ移動した。

今年の冬は寒くなりそうだ。それこそ、雪が降るかもしれない。

陳はぽつりと零し、コーヒーメーカーをセットした。


陳たちの組織はいわゆる何でも屋であった。観光ガイドを務めることもあれば、運転手を引き受けることもある。その依頼内容に応じて、陳は仲間の者を振り分け、仕事に当たらせた。

中でも、最も多い案件は失せ物探《う》しだった。観光客を対象に、鞄《かばん》を盗まれた、時計をすられたといったトラブルを解決することで稼ぎを得ていた。

この失せ物は、比較的簡単に見つけ出すことができた。消えてから数日、あるいは数時間のうちに、それらの盗品は露店街の棚に並ぶのだ。

こうした流通が可能なのは、背後で明確に住み分けがなされている証拠であった。

スリ連中は盗んだ物品を露店に売り飛ばす。そして、陳《チャン》たちが露店から買い戻し、持ち主に返してやる。そこで、陳らは持ち主から代金と手数料を頂戴《ちょうだい》するのだ。

「スリ」、「露店」、「回収」の三者共存。

それぞれが組織を構成し、互いの領域を侵すことなく仕事に励む。

これがこの世界の暗黙の掟《おきて》であった。

ルールを破った者には、当然ながら苛《か》烈《れつ》な制裁が待っていた。そうして身を滅ぼした人間を、陳は数え切れないほど目にしていた。いや、正確に言うならば、陳自らが破滅へと追い込んだ。

つまり、陳はそれができる立場の人間だった。「回収」のトップに君臨する男だった。

しかし、新田悟が去ったあと、陳のその日の仕事は、被害に遭った観光客を見つけることでもなく、仲間に指示を送ることでもなく、事務所にこもって寒さに耐え続けることだった。

左手は絶えず携帯電話を握り、右手は絶えずそのボタンを押し続けた。何の色もない事務机に陣取り、引き出しからかき集めた数々の名刺と視線を戦わせた。

——参ったな。

そんな言葉が思わず零れ落ちる。

既に陽は暮れ始めている。目下のところ、どう贔屓目《ひいきめ》に見ても分が悪かった。何一つ有益な情報が入ってこない。こんな状況は久しく経験していなかった。

陳のもとには様々な情報が様々な経路を辿《たど》ってやってくる。金銭を媒介することもあれば、銃や拳といった強硬手段をとる場合もままある。だが、いずれにせよ、求めた情報は必ず陳に届けられたし、手に入れてもきたのだった。

陳は携帯電話を机に放り投げ、再び「参ったな」と呟《つぶや》きながら天井を仰いだ。

しかし、その言葉に反して、顔色は穏やかなものだった。あまり味わったことのない焦燥感に戸惑いつつも、陳はそれを確かに楽しんでいた。

――誰に当たればいいんだろうな。

両腕を後頭部に回し、ふっと息を吐く。

――まったく見知らぬ人物を捜し出すというのは、意外と厄介なことなんだな。

陳は手を解き、タバコを咥《くわ》えた。そして、改めて写真を眺めた。机の上には、他にも複写したものが数枚置かれている。

二十数年前の写真――羅《ロー》刑事は十分な情報を与えなかった。彼自身、陳を信用し切れていないのか、自らの足で捜し出したいと望んでいるのか、そこには何らかの理由があるのだろうが、とにかく、この状況は八方塞がりとしか言いようがなかった。

写真の男は一体どういう人物なのか――。

羅《ロー》刑事を呼び出し、すべてを吐かせようかと考えた。が、陳《チャン》は瞬時に首を横に振った。事務所へ呼びつけたところで、彼が素直にやって来るとは思えなかったし、また、頑《かたく》なに何も語らないだろうとも思われた。

恐らく、羅刑事は語るべきタイミングを待っている。陳はそう感じていた。その時期がやってくるまで、あまり彼を突《つつ》かない方が得策だろう。

咥えたタバコに火を点けた。煙を吸い込み、頭の中をクリアにする。

二十数年前にこの地で生活しており、かつ、羅刑事に近しい人物――新たにいくつかの顔を思い浮かべた。そのうち、居場所の分からない者、あるいは生死の分からない者を順に消していった。すると、もう数人の顔が残るだけだった。

携帯電話が鳴り出したのは、タバコをすべて灰にした時であった。

その画面に表示された名前は、陳の頭に一度も登場しなかった人物だった。

「陳さん」

相手はやや慌てた様子で口を切った。

「やあ、元気にやってるかい？　呉星《ウーシン》」

「あ、はい。お陰様で」

張りのある呉星の声を耳にして、陳は一度、力強く頷いた。

「店の調子はどうだ？」

「はい。順調にきています」

呉星は、この旺角《モンコック》よりも北にある深水埗《サムソイポ》で食堂を開いている青年だった。確か二十五歳になっているはずだ。

元々は父親が構えた店だった。とはいっても当時は花屋で、この界隈《かいわい》には場違いな存在であった。ただ、その珍しさからか、開店当初はそれなりに繁盛した。陳も幾度か足を伸ばし、行く末を見守ってきたのであるが、花を買う、贈るという習慣は、残念ながら根づかないようだった。結局は皆、日々の生活に追われ、そんな上等な暮らしは残飯とともにゴミ箱へ投げ捨てられたのだった。

「大したもんだ。よく軌道に乗せた」

父親が花屋を畳み、店を売り払ったのが十年前。そしてその八年後、つまり今から二年前に、呉星は再び父親の店を買い取り、食堂を始めた。その購入資金の大半は、陳が貸してやったものだった。

「何とか頑張ってこられました。この二年の間、一日も休みませんでした」

「無理ができるというのは幸せなことだよ」

「はい。あの、それで陳さん――」

呉星が音量を落とし、口早に言った。

「ああ、すまない。何だったかな」

「いや、本当に図々しいお願いなんですが――」

「はは、お前の頼みならば、図々しかろうが聞くよ。遠慮なく言えばいいさ」

「あの、どこか部屋を」と、呉星《ウーシン》が固い声で告げた。「身を隠せる場所を貸してもらえませんか」

## 4　星期二《シンケイイー》（火曜日）　午後五時

「雪ちゃん、警察に連絡しよう」

呉星の声が頭上から落ちてきた。石原雪子は部屋のソファーに座り込み、じっと黙ったままだった。

どれくらいそうしていたのだろう。時間の感覚が曖昧《あいまい》だったが、雪子は頭の中で、先程起こったことを再現し続けていた。

エレベーターが動き出し、呉星がケージから飛び出して来た。「どうしたんだ？」と、激しく雪子の肩を揺らしながら話を聞くと、彼は慌てて通路を走り出した。一目散に奥の暗がりに姿を消し、それから数分後にまた雪子のもとへ戻って来た。「怪しい奴はいなかった。もう逃げたんだろうな」と言いながら。

そして、そのあと二人で部屋の前まで行き、雪子は鍵《かぎ》を開けた――確かに扉は施錠されていた。

部屋には誰もいなかった。

もしかしたら、あの黒い影の仲間が潜んでいるのではないか。男は通路から、その仲間の様子を窺《うかが》っていたのではないか。そんな心配も頭を過《よぎ》ったが、杞憂《きゆう》に終わったようだった。

だがもちろん、それですっかり安心できた訳ではない。

何者か分からず、目的も分からず、ただじっと雪子の部屋を見つめていた男――その存在はかえって不気味だった。

何とも言いようのない恐怖感が再び雪子を襲った。これならば、鞄を奪われたり、窓ガラスが割られていたり、そんな強盗や泥棒であった方がまだ落ち着けるような気もした。目的が明確なだけに怒りも生まれる。その怒りで自らを奮い立たせることもできるかもしれない。

「大丈夫か?」と、呉星が隣に座った。

「大丈夫。それなりに冷静になってるよ」

「雪ちゃん、その黒い男だけど、本当にいたんだな? いや、疑っているんじゃないから」

「うん、絶対にいた」

「で、この部屋を覗いていた」

「そう。あの小さなガラス窓」

雪子は通路に面したキッチンの小窓を指した。

「でも、磨《す》りガラスだ。中は見えない」

「磨りガラスでも、中の人影くらいは映るでしょ」

「そうして男はこの部屋に誰かいるか確認していた。そう言いたいんだな?」

「分からない。でも、わたしはそう思った」

「警察に連絡しよう」と、呉星《ウーシン》が再び口にした。

「ちょっと待って。そんな大袈裟な」

「大袈裟って――」

「だって、何も被害は受けてない。警察は動いてくれないって」

雪子は改めて室内を見回した。ソファーの前には小作りのテーブルがあり、その向こう側にはテレビを置いている。仔細《しさい》に眺めるほど広い部屋ではない。何か異変があれば、すぐに気付く。元々家具は少ない方であるし、雑貨や雑誌の類《たぐい》も数えるほどだ。今朝出た時と何も変化はない。

「……何をしていたんだろう？」

雪子はぽつりと漏らした。

「え？」

「だから、わたしが目撃した黒い男」

雪子はソファーを離れ、例の磨りガラスの下にあるキッチンへ移動した。蛇口を捻り、何度も顔を洗った。途中で化粧に思い至ったが、もう手遅れだった。

コットンで水滴をふき取り、冷蔵庫からペットボトルに入ったミネラルウォーターを取り出した。呉星の分との二本を持って、雪子はまたソファーに戻った。

「この部屋に侵入しようとでも思ってたのかな」

「ん、どういうこと？」

「いや、泥棒に入る部屋を物色してたとか。施錠されていない扉を探してたとか」

「ああ。だから、小窓から中の様子を窺っていたって？」

「そう」

雪子がボトルを渡すと、呉星は口をつけ、ごくりと喉を上下させた。雪子を見ているのか、小窓を眺めているのか、彼の視線はぼんやりとしていた。

「ちょっと、そんなに見ないでよ。化粧ももう落としたんだから」

「え？」と、呉星が目を見開いた。「雪ちゃん、化粧してたの？」

「それ、どういう意味？」

「いや、別に意味は……」

「化粧してるように見えなかったって、好意的な意味に取っておけばいい？」

「そ、そうだな」呉星《ウーシン》の四角い体が縮んだ。「でもさ、どうもしっくりこないな」

「わたしの化粧が？」

「違うって。男だよ。仮に雪ちゃんの言う通り、男が泥棒だった場合、どうしてここを狙《ねら》うんだろう。この辺りは高級住宅地でも何でもない」

「わたしが庶民だと言いたいの？」

雪子は笑みを作る。

「何でそうなるんだ」と、呉星は口を尖《とが》らせ、眉間《みけん》を寄せた。

「冗談だって」

「そんな冗談はいらないよ。もし俺の店で言ったら、本気で怒るからな。雪ちゃんに料理は出さない」

呉星の太い指がボトルを握り潰しそうだった。何を子供みたいにと雪子は呆《あき》れたが、軽口を叩くほど普段を取り戻している自身にも気付かされた。

「確かにそうね。わたしが泥棒だったら、ここは狙わない」

「ああ。この一帯は本当に庶民の街だ。金持ちなんて一人もいやしない。俺なら、香港島の山頂《ピーク》の豪邸に侵入する」
太平山頂《ヴィクトリアピーク》の斜面に沿って立ち並ぶ高級住宅。雪子はこれまでに、数え切れないほどその山道を上った。観光バスに揺られながら。ガイド中に説明することもあり、著名人の豪邸やセカンドハウスは大体記憶している。

「じゃあ、男は泥棒じゃないのかな」

「俺はそんな気がするな」

「うん……」

雪子は再び、あの黒い姿を思い起こした。

一心に小窓を覗いていた黒い影。

確かに、単なる泥棒にしては異質な雰囲気だったような気もする。泥棒であるならば、雪子の乗るケージが開いた時点で、何かしら反応があるべきではないだろうか。雪子が通路を歩き始め、そして後退してから、男はようやくその気配を察知したのだ。あまりに警戒心がなさ過ぎる。

いや、と雪子は首を振った。

警戒を怠るほどに、何かに気を取られていたのかもしれない。周囲の物音が耳に入らないほど、男はじっと小窓を見つめていた——。

「あのさ、雪ちゃんが目的だったってことはないか？」

呉星《ウーシン》が太い腕を窮屈そうに組んだ。

「わたしが?」

「そう。中を覗き込んでいたのなら、それは当然、雪ちゃんが目当てだとも考えられる。部屋に雪ちゃんがいるかどうか確認していたんじゃないか?」

「ちょっと待ってよ、そんな気持ち悪い」

「でも、さっき雪ちゃんも言った。磨りガラスでも、人影くらいは映るって」

「言ったけれど……」

雪子はボトルを両手で包み込み、ゆっくりと視線を落とした。

——黒い男の目的はわたしだった?

「こんなこと口にしたくないけど、痴漢とか強姦《ごうかん》とかさ……」

なるほど。言われてみれば、真っ先に思い浮かべるべき犯行目的だったかもしれない。女性の一人暮らしだ。女性の部屋を覗く、すなわちそれは——。

「ほら、ストーカー被害とか、よくニュースになっているだろう。そういった心当たりはないか?」

「ストーカーに?」

「それに限らなくていい。男に部屋を覗き込まれるような原因だよ」

「ないよ、そんなの」

雪子は即答した。本心だった。雪子が鈍感なのかもしれないが、そのような危うい気配は一度も感じたことがない。この地にやって来て一年になるが、運転の荒さに的士《タクシー》の運転手と口論になったり、不親切な店員の応対に文句を投げたり、わがままな外国人観光客と小競り合いになったくらいがせいぜいだ。決してそこには犯罪の匂《にお》いがしなかった。

いや、もしかしたら――。

雪子は不意に立ち上がった。ボトルが手から滑り落ち、床を転がる。

「お、おい、どうしたんだ？　心当たりがあるのか？　誰か変な男につきまとわれているのか？」

呉星がボトルを拾い上げ、不思議そうに雪子を見上げていた。

あの黒い男はもしかしたら――。

そして同時に、否定する自身の声が響く。

違う。そんなはずはない。

雪子は首を横に振った。

そうだ。そんなに簡単に事は運ばない。先程、自ら呉星にそう言ったばかりではないか。

「ううん、誰にもつきまとわれていないよ。ごめん、ちょっと他のこと考えてた」

そう言って、雪子はまたソファーに座った。

「他のことって、よくそんな余裕あるな」

「別に余裕なんてないよ。いつも通り」

「いつもの雪ちゃんは突然立ち上がったりしない」

呉星《ウーシン》の真剣な目が、雪子の横顔に突き刺さっていた。だが、雪子は耐え続けた。語るべきことは何もない。まだ何一つ確証はない。それに、もし雪子の想像が確かなことであっても、呉星に語るつもりはなかった。

しばらくの間、嫌な沈黙が流れた。雪子は頑なに口を閉ざしたままだった。このまま永遠にだって沈黙を貫く自信さえあった。

案の定、痺《しび》れを切らしたのは呉星の方だった。

「分かった。これ以上はもう訊かないでおく」

そう言って、呉星はソファーから立ち上がった。

「うん、有難う」

雪子が礼を述べると、呉星は四角い背を向けたまま、「どうするんだ?」と訊いた。

「え、どうするって?」

「警察だよ」呉星が振り向く。「泥棒にしろ何にしろ、とにかくこの部屋を覗き込む男がいた。それに間違いはない」

「だから、それくらいじゃ、警察は動かないって言ったでしょ」

「でも、事件になる可能性はある。何らかの対処はしておかないと」

「通報して、このアパートの中を巡回してもらうとか、部屋の前で見張ってもらうとか」

「対処？」

「そんなことしてくれるはずないじゃない。いちいち大袈裟なんだって」

「大袈裟じゃない。何かがあってからでは遅いんだ」

「それはそうだけれど……」

果たして、そこまで警戒すべき状況なのだろうか。雪子には分からなかった。恐怖や不安といった感情は既に遠のいている。居心地の悪さは多少あるものの、あれほど動揺した自分がまるで嘘のように思えるくらいだった。

「でも、警察沙汰になるのは嫌だな。明日も早くから仕事だし」

「仕事って、そんなこと言ってる場合か」

「もし、呉星さんがわたしの立場だったらどうする？　明日、店を閉める？」

「そ、それは……」

予想通りの反応に、雪子の頬は自然と緩んだ。呉星をやり込めるのはひどく簡単なことだった。

ソファーに背を預け、雪子は改めて思った。この一年の間で、自分は随分とタフになった。求めたい時には助けを求め、助けてもらったら、そこでもう相手への感謝や気遣いはどこかへ飛んでしまっている。それはつまり、雪子もこの地の人間らしくなったという証拠かもしれなかった。

雪子が苦笑を隠していると、呉星《ウーシン》がまた腕を組みつつ、部屋の中を歩き出した。ぐっと下唇を噛み締め、太い首を何度か縦に振り降ろす。そしておもむろに、「分かった」と言った。

「分かった。じゃあ、とりあえず警察はなしだ。でも、俺の言うことを聞いてくれ」

そう言うなり、呉星は雪子の返事を待たず、ジーンズの尻のポケットから携帯電話を取り出した。

「このまま放ってはおけない。雪ちゃんだってそうだろう？　例の男がまたやって来るかもしれない。絶対に来ないという保証はない」

「うん、それは……」

「これからまた仕事に戻るんだよな」

「そのつもりだけれど」

「一晩だけでもいい。部屋を移ってくれ」

「え？」

「この部屋に帰って来る訳にはいかないだろう。男がいたらどうする？　俺だって一晩中見張ることなんてできない」

「そんな、呉星さんに見張ってもらうなんて――」

返答はなかった。電話の相手がすぐに応答したらしかった。呉星はいくぶん早口に「陳《チヤン》さん」と告げていた。

「でも、移るって言ってもどこに――」

やはり、呉星は答えなかった。「陳さん」との話に集中していた。雪子はその会話を耳にし、目にしていた。呉星は何度も礼を伝え、携帯電話を片手に頭を下げている。

「陳さん、あの、どこか部屋を、身を隠せる場所を貸してもらえませんか」

雪子に視線を送りつつ、呉星が言った。

それからまた話は続き、最後に「有難うございます」と再び上半身を深く折り、呉星は電話を切った。

「部屋が見つかった。雪ちゃん、準備をするんだ。最低限の物だけでいい。これから文城《マンシン》酒店《ホテル》へ行く」

5　星期二《シンケイイー》（火曜日）　午後七時

陳小生《シウサン》はタバコを吸いながら、ぼんやりとエレベーターを眺めていた。

文城酒店のロビーには人影がまばらで、スーツ姿の宿泊客が数人、新聞を読んでいるだけだった。恐らく、ほとんどの客は夕食に出かけているのだろう。

ほど良く空調は保たれている。陳《チャン》は愛用のダウンジャケットを脱ぎ、白いオックスフォードシャツ一枚という格好になっていた。

「ああ、陳さん」

背後から陽気な声がかかった。この酒店《ホテル》で働くフィリピン人のフィデルだった。

「やあ、さっきは急にすまなかったな」

「いえいえ、そんな」

制服姿のフィデルが丁寧に頭を下げた。それはホテルマンとしてのマナーであると同時に、彼の心情の表れでもあった。

フィデルは陳に頭の上がらない立場の人間だった。陳に対して借金をしており、それに加えて、この酒店での仕事を与えてくれたのも陳なのであった。

この酒店のオーナーと陳がどういう関係なのか、フィデルは知らない。だが、毎月の給料から否応《いやおう》なく一定額が差し引かれ、その金が返済として陳のもとに渡っていることは知っていた。

「僕が電話で話した男は来たかい?」と、陳は訊いた。

「はい。十五分ほど前に」

呉星《ウーシン》から着信があったのは、およそ二時間前のことだった。彼は絞り出すようにして、

「どこか身を隠せる場所を貸してもらえませんか」と言った。その後、「今すぐに」という要求も付け加えた。

呉星との会話はあまり明瞭なものではなかった。彼はそれ以上、詳しいことを口にしなかった。だが、とにかく陳は要望に応えてやった。尖沙咀《チムサアチョイ》にある文城酒店《マンシンホテル》に行くよう指示し、フィデルにもその旨を伝えたのだった。

「でも、その男性ですが」フィデルがそっと耳打ちした。「女性連れでしたよ」

なるほど——そういうことか。

陳は白い歯を零した。

その時、正面にあるエレベーターの扉が開いた。ケージの中には当人である呉星がいた。

「フィデル、有難う。もういいよ」

「そうですか。何か飲み物でも」

「じゃあ、コーヒーを二つ」

フィデルは再度、深々と腰を折り、フロントの方へと去って行った。

「こっちだ。呉星」

陳が手を挙げると、彼は素早く気付き、フィデルと同じように頭を下げ、小走りで駆け寄って来た。ジーンズに汚れたパーカー。袖や裾には調味料らしき染みが窺える。

「着替えもしていないってことは、それだけ緊急だったのかい?」

「はい。すみません、陳《チャン》さん。俺の勝手で」

呉星《ウーシン》は直立したまま答えた。

「とにかく、座ったらどうだ」

「いえ、俺はこのままで」

「僕らは三合会《トライアド》でも何でもないんだ。そんな真似《まね》はやめてくれ」

「……分かりました」

呉星はまた一礼し、それから向かいのソファーに腰を落ち着けた。

「女性連れだったそうだな」

陳はタバコを消し、躊躇《ちゅうちょ》なくいきなり直球を投げた。

「はい」

「どうしてそれを先に言わない？」

「いえ、とにかく慌てていたもので……」

「それは理由にならないな。僕はてっきりお前が泊まるのかと思っていた」

「すみません」と、呉星が謝った。

「改めて訊くよ。この酒店《ホテル》に泊まるのはお前か？」

「いいえ……俺が連れて来た女性です」

「それならば初めからそう言え。酒店側の準備だって、男性と女性では大きく異なる」

「はい」

「僕はお前を信用している。だから、隠れ家としてこの酒店も用意した。その意味は分かるな？」

「分かると思います」

「よし。ならば何が起こったのかすべてを話せ。僕はそのためにここまで出て来たんだ」

呉星が語り始めた。その細い目は真っ直《まっす》ぐで、一生懸命だった。

「そうか、部屋の前に不審な男がいた、か」

陳はコーヒーカップに口をつけ、ふっと息を吐いた。

「これといって具体的に何かをした訳ではないんですが」と、呉星が肩を落とした。「今のところ彼女に害はありません。俺が過敏になっているだけかもしれません。あの、やり過ぎたでしょうか」

「やり過ぎって、彼女をここに移したことかい？」

「それもそうですが、わざわざ陳さんの手を借りたことです。まったくの徒労《とろう》かも――」

「僕のことはいい。頼られているうちが華だよ、きっとね。彼女を匿《かくま》ったのも正しいと思うよ。何かが起きてからでは遅い」

「有難うございます」

「それに、こうしてお前と久しぶりに会ったんだ。徒労なんかじゃないよ。お前の店にもなかなか顔を出せず悪いと思っている」

「いえ、そんな」呉星《ウーシン》は大きく首を横に振る。

「そう言えば今、店はどうしてるんだ？　これから忙しくなる時間だろう」

「とりあえず、親父《おやじ》に見てもらってます」

「え、親父さん、料理ができるのか？」

「できませんよ。啤酒《ビール》を出したり、麵《めん》を茹《ゆ》でたり、その程度です」

「そうか。元気にはしてるんだね」

「はい。店に花を飾ったりして、まだ花屋に未練があるみたいですね」

「はは、それはいい」

陳《チャン》は愉快そうに声を上げて笑った。呉星の体型とは反対に、細身でひょろ長い父親だった。呉星の目を緩やかにカーブさせたような優しい顔をしており、人当たりも穏やかで、花屋にはぴったりな人物だった。

親父さんにも久しく会っていないな――陳は呉星の向こうに、その柔和な顔を思い浮かべた。

「あの、陳さん――」と、呉星が言った。

「ああ、すまない。それで、彼女は何と言っているんだい？」

「男につきまとわれたり、部屋を覗かれたり、そんな心当たりはない、そうは言ってるんですが――」

「歯切れが悪いな」

「はい……」

呉星は少し目を伏せ、手のひらを組み合わせた。

「彼女が嘘をついていると？」

「いえ、嘘かどうか分かりません。でも――」

「何かを隠している？」

「ええ、そんな気がしました。あくまでも俺が感じただけで、確かではありません」

「ふうん。謎《なぞ》の女性に謎の男か」

陳は手にしたカップをテーブルに戻した。

「突っ込んでみたんですが、話をはぐらかされたというか、口を噤《つぐ》んだままだったというか」

「思い当たる男の影がないでもない。けれど、話したくはないってところか」

「……俺には分かりません」

「石原雪子、か」

陳は天井を仰いだ。彼女とはまだ対面していない。三階の一室にいる石原雪子とは、果たしてどんな女性だろうか。

「直接、訊ねてみますか?」と、呉星《ウーシン》が言った。

「直接って彼女にか?」陳《チャン》は少し目を見開いた。「馬鹿な。そんな無神経なこと僕はしないよ」

「無神経、ですか」

「当たり前だ。結果的に何もなかったとはいえ、彼女はまだ動揺しているだろう。会うのはまたの機会でいい」

「それはそうかもしれませんが、こうして世話になっている陳さんに挨拶もしないというのは――」

「お前、変わってないな」と、陳は頬を崩す。「実直過ぎるというか何というか。でも、僕はお前のそういうところが好きでもある」

呉星がぽかんと口を開けていた。

「どうかしたか?」

「いえ、似たようなことを彼女からも言われました。俺は単純に考え過ぎるって」

「はは、お前のことをよく見ているな。ますます彼女に会ってみたくなったよ。でも、それはまたの機会に取っておこう」

綺麗に磨かれたロビーのガラス扉が開き、一人のスーツ姿の男が入って来た。陳が酒店《ホテル》にやって来た時、ロビーで新聞を読んでいたビジネスマンだった。その手にもう新聞はない。夕食に出かけ、そのまま捨てたのだろう。男はエレベーターに乗り込んだ。よくある紺色の背中には、特に不自然な匂いはなさそうだった。

陳はタバコに火を点けた。呉星はそこで初めてカップを手に取った。

「日本人かい？」と、陳は訊いた。

「え？」

「石原雪子さ」

「はい、こっちに来て一年くらいかと。俺の店の常連です」

「年は？」

「多分、二十五のはずです。俺と同じだったような」

「仕事は？」

「ツアーガイドをしているそうです。日本の旅行代理店の香港支店というんでしょうか、そこに勤めています」

「その事務所はどこにある？」

「尖沙咀《チムサアチョイ》と聞いたことが。この辺りかもしれません」

フィデルが音もなく歩み寄り、陳のカップに熱いコーヒーを注ぎ足し、一礼して去って行った。

「彼女はあのアパートに住んでいるんだな？　お前の店の上の階に」

「はい、八階です」

「呉星《ウーシン》、誤解しないでくれよ。あれこれ確認しているけれど、僕はお前を疑っているんじゃない。僕はお前を信じている。だから、お前が信じた石原雪子という女性のことも信用するつもりだ。それでいいな？」

「はい」と、呉星が大きく頷く。

「よし」陳《チャン》も頷き返す。「お前、ちゃんと彼女についていてやれ。もし何かあれば、すぐに僕に連絡するんだ。部屋を提供した以上、僕も責任の一端を担うことになる」

「はい、分かりました」

陳はソファーから立ち上がった。

慌てて呉星はカップをテーブルに置き、その場に起立した。そして、深々と腰を折った。

「お前、彼女に惚《ほ》れているのか？」

陳は彼の後頭部に向けてそっと投げた。

呉星は勢いよく上半身を戻し、「惚れていると思います」と言った。

「そうか」陳は優しく微笑む。「ああ、親父さんにもよろしく伝えておいてくれ。近々、顔を出すって」

文城酒店《マンシンホテル》をあとにすると、雲行きが怪しくなっていた。煌々《こうこう》と光るネオンサインの遥《はる》か上空に、黒々とした分厚い雲が這っている。今にも雨が落ちてきそうな湿気と匂いがした。

陳はボルボのハンドルを握り、彌敦道《ネイザンロード》に出た。

九龍《ガウロン》半島を南北に貫く大動脈。帰宅ラッシュのせいか、交通量は普段に増して多い。何台もの的士《タクシー》がボルボを追い抜いて行く。

――さて、今日はこれで戻るか。

陳は彌敦道から紅磡《ホンハム》方面へと東に入った。

紅磡からは、海底隧道《クロスハーバートンネル》と呼ばれる海底トンネルが香港島へ伸びている。

車で九龍半島と香港島とを行き来する場合、その方法は三つしかない。この紅磡と銅鑼灣《コーズウエイベイ》を結ぶ海底隧道、西側の西九龍《サイガウロン》から西環《サイワン》へつながる西區海底隧道《ウエスタンハーバートンネル》、そして、東側に位置する油塘《ヤウトン》と鰂魚涌《クオリーベイ》を結ぶ東區海底隧道《イースタンハーバートンネル》である。

おかしなことに、三つのトンネルでは通行料金が異なっていた。どういう理由からか釈然としないのであるが、陳は、自宅に近く、最も通行料金の安い海底隧道を利用していた。

トンネルの固いコンクリート天井の上は維多利亞灣《ヴィクトリアハーバー》だ。

海中を潜り、香港島へ渡ったかと思うと、今度は山登りが待っている。その道程を想像しただけで、どうにもうんざりする。

山頂《ピーク》に居を構えるのは考えものだな――海底トンネルへ入る度、陳《チャン》の気分は滅入ってくるのだった。

そろそろ仕事場のある九龍半島側に引っ越そうか。羅朝森《ローチウサム》刑事が言った「敗者の街」に――。

陳は目頭をこすり、アクセルを踏み込んだ。

携帯電話が鳴り出したのはトンネルを抜けてすぐだった。

呉星だろうかと画面を見ると、意外にも羅朝森の名が表示されていた。

「羅刑事」

陳はすぐさま応答に出た。

しかし、あの舌打ちも濁った罵声《ばせい》も聞こえてこなかった。

「もしもし？　羅刑事？」

変わらず、電話口は無言のままである。

「おい、どうした？　もしもし？」

「……ちっ」

「おい、一体どうしたんだ⁉」

急激に危機感が募る。陳の背中にビリビリと痺れが走った。

彼に何か異変が起こったのだろうか？

これほど弱々しい舌打ちは聞いたことがなかった。

「羅刑事⁉ 何があった？」

陳は急ブレーキを踏んだ。ボルボの尻が激しく左右に振られる。陳はハンドルを巧みに操り、暴れる車体を何とか押し留《とど》めた。

ボルボは道を塞ぐような形で、横向きになって止まった。

「……くそったれ……やられちまった……」

「やられた⁉」

「……ちっ……オレとしたことが……ざまあねえ……」

かすれた声が切れ切れに届く。

「おい、どういうことだ？ 状況を説明しろ！」

「……奴だ……撃たれちまった」

「撃たれた⁉」

「ちっ……大声を出すなよ、みっともねえ……脇腹をかすった程度さ……弾は貫通してる」

「今、どこにいる⁉」

「太子《タイツィ》の……汝州街《ユーチャヤウストリート》……」

「分かった。すぐに行く。待てるか？」

「ああ……多分……」

陳《チャン》はボルボをUターンさせた。アクセルを全開にまで踏み込む。

そしてまた、維多利亜灣《ヴィクトリアハーバー》の中へと潜り始めた。

## 6　星期二《シンケイイー》（火曜日）午後九時

雨が降り出した。

ごく微かな小雨だったが、石原雪子はその寂しげな音を感じ取っていた。

文城酒店《マンシンホテル》の三〇五号室。

ベッドと小さなテーブルがあるだけの狭い部屋だった。雪子はベッドサイドに腰かけ、ぼうっとベージュの壁を見つめていた。

仕事に戻るつもりだった。服装もスーツのままであるし、酒店に移ってから化粧もし直した。窮屈なユニットバスの中では、仕事のことがまだ頭にあったのだ。

けれど、雨の音を聞いた途端、その思いや責任感がすっと消えてしまった。それこそ、雨に流されるように。こんな感覚は初めてのことだった。

変わって雪子の脳裏に現れたのは、やはりあの黒い男の影だった。

どうにも引っ掛かる。雪子の何か、あるいはどこかを間断なく刺激する。

痛みはない。むしろ、高揚感に似たような熱があった。顔だけが火照っており、足先は冷たい。自分でもよく分からない感情が全身を流れていた。

――あの男はきっと泥棒なんかじゃない。

その思いが心の奥底に沈殿している。そして、それは時が経つに連れて、更に溜《た》まり続けていくようだった。

ベッドに寝転がった。爪先《つまさき》だけ布団に潜り込ませる。組んだ腕に頭を乗せ、目を閉じた。

ふと、呉星《ウーシン》のことが浮かんだ。この部屋に移ったあと、彼はすぐに出て行った。「陳さんに連絡してくる」と言い残して。

「とても世話になっている人だ」

呉星は真っ直ぐな目で言った。あとで紹介する、と。

仕事に出る気はすっかり失せていた。呉星に対し、偉そうな口を利いた自分がひどく恥ずかしかった。事務所に戻ったとしても、きっと身が入らないだろう。そんな言い訳も雪子の中にあった。

起き上がり、会社に連絡した。数時間前のことをできるだけ淡々と伝えた。

だが、電話を受けた梅鈴《ムイリン》という同僚は「警察を呼ばないと！」と、呉星と同じ反応を返してきた。五十歳に近い女性であるが、その年齢ゆえか性別ゆえか、かなりの世話好きで、それ以降も間が空く度に「警察に」を繰り返した。

深水埗《サムソイポ》のアパートを紹介してくれたのも彼女だった。その手前、ある種の責任を感じた上での言動かと考えたが、その興奮ぶりは単に好奇心の表れにしか思えなかった。恐らく、年齢でも性別のせいでもなく、すべては彼女の性格に拠《よ》るのだろう。

「今、どこにいるの？」と、梅鈴《ムイリン》が訊いた。

「とりあえず今日は酒店《ホテル》に泊まる」

「うん、その方がいい。仕事にも戻らなくていいよ。ねえ、大丈夫？　そっち行こうか？」

「いい、いい。大丈夫だから、本当」

この酒店のことを口外しないよう、呉星《ウーシン》から釘《くぎ》を刺されていた。もちろん、誰かに知らせるつもりはなかったし、何より、梅鈴と対面して話をするような気分ではなかった。

「ねえ、明日はどうするの？　仕事、出られる？」

「ああ、まだそこまで考えてなかった」

「そうよね、ちょっと待ってよ」

カツカツとリズミカルな音が聞こえる。多分、彼女がキーボードを叩いているのだ。

「代わってもらえそうな人が何人かいるわ。私の方から頼んでみようか」

梅鈴に借りを作るのは避けたかったが、ここは甘えることに決めた。

しかし、一晩休んだからといって、気持ちを切り替える自信はなかった。そもそも今晩、眠れるかどうかさえ不安だった。

「有難う。じゃあ、お願いしようかな。今度、食事でもご馳走《ちそう》するからね」

「それくらいはしてもらわないとね！」

梅鈴は更に声を弾ませ、屈託のない笑い声を届かせた。その陽気さが時に疎ましく、時に羨《うらや》ましくもあった。明け透けな梅鈴のことが、雪子は決して嫌いではない。ただ、今日は放っておいて欲しい。そして、仕事はすべて彼女に押しつけたい。自分でも呆れるくらい矛盾した考えに、雪子は弱々しく笑みを落とした。

再び、ベッドに体を投げ出した。

できるだけ何も考えないようにして、目をつむった。

だが、閉じたその視界は黒い。そして、それはあの黒い影へと結びついていく。

実際に目にしたのは恐らく十秒にも満たないだろう。

黒いズボンに黒いジャンパー、黒のニット帽。

やっぱり、「あの人」なのだろうか——。

先程から、何度も同じ想像を繰り返している。

到着点はいつも同じだ。そこから決して先へは進めない。

何故なら——雪子には「あの人」の記憶がないからだった。

枕元《まくらもと》に放り投げた携帯電話が鳴り出した。

梅鈴《ムイリン》だった。雪子の交代役が見つかったのだろう、そう思いながら応対すると、彼女は開口一番、「警察！」と大声を響かせた。

「え？」

「今、警察から事務所に電話があったのよ！」

「ちょっと待って。そんなはずないでしょう」

「本当なんだって！」

「警察って、どういうこと？　まさか――」

「違う違う！　私が話したんじゃないからね。向こうからかかってきたの」

雪子はそこでベッドから跳ね起きた。

「で、何て？」

「雪ちゃんがそこにいるかって」

「そこって、仕事場に？」

「そう」

「何のためにそんなことを？」

雪子は携帯電話を強く握り締めた。

「そんなの知らない。私も理由を訊いたんだけど、ただの確認だとしか答えなかった」

「さっきわたしが話した男のことと関係あるの？」

「ううん、分からない。男のこと、私は何も口にしなかったもの」

「警察からも話に出なかった？」

「出なかった。雪ちゃんが今ここにいるかって、本当にそれだけ。何の用ですかって訊ねても、黙ってた。今日はもう直帰ですから伝言をどうぞって言ったんだけど、そしたら電話が切れた」

雪子は梅鈴との会話を反芻《はんすう》していた。不審な男を目撃した数時間後に警察からの電話。そこには何か関連があるのだろうか。あるいは、単に偶然なのか。しかし、偶然にしてはタイミングが良過ぎるし、気味も悪い。

「……雪ちゃん？」

遠くから、梅鈴の声が聞こえた。

「ねえ、かかってきた電話番号は分かる？」

「ううん。表示されてなかったから公衆電話じゃないかな……あれ？　警察って、公衆電話なんて使わないよね」

「多分、使わないと思う」

「嫌だ……偽者？」

「……かもしれない」

「ごめん……どうしよう。私、てっきり……」

梅鈴《ムイリン》が狼狽《ろうばい》していた。雪子は「大丈夫。気にしないで」と、口だけで宥《なだ》め続けた。

公衆電話でなかったとしても、警察であるならば、何も番号を意図的に隠す必要はない。むしろ、この番号に折り返してくれと伝えるのが通常ではなかろうか。番号も分からなければ、伝言も残さない。どう考えても不可解だった。

「ねえ、他には何か言ってた?」

「ううん、何も。すぐに切れたし。やっぱり例の男と関係あるのかな」

「どうだろう。わたしだって訳が分からない」

「あ!」と、梅鈴が叫んだ。「もしかして、雪ちゃんが見たその男本人が電話をかけてきたとか!」

「そんな、まさか」

否定したけれど、雪子もずっとその可能性を考えていた。

電話の主が警察でないとすれば、思いつくのはあの黒い男しかいない。

雪子の住む部屋を調べ、勤務する職場を確認した――想像するだけで身震いするが、おかしなことに腑《ふ》に落ちもした。いや、筋が通っていると言うべきか。

あの男は何らかの理由で、わたしを捜しているのかもしれない……。

そう思うと、雪子は妙に気分が落ち着いた。「怖い、怖い」と連発する梅鈴の声をよそに、雪子は逆に冷めていった。

「とにかく、心配しないで。わたしは大丈夫だから」

「でも――」

「もしまた、その警察を名乗る男から電話があったら教えて。できれば相手の連絡先を聞き出して」

返事を待たずに電話を切った。少しばかり自分勝手だと理解していたが、理性が追い着かなかった。

しんと鎮まった胸の奥底から、ふつふつと湧《わ》き上がってくるものがある。深海から空気の泡が浮き上がり、海上でパチンと破裂する、そんな感覚だった。

雪子がこの地にやって来たのは、「あの人」を捜すためだった。

ツアーガイドという職業を選んだのもそのためだ。あちこち歩き回っていれば、あの人と出会うかもしれない。あるいは、相手の目に留まるかもしれない。少なくとも、どこかの企業のオフィスに閉じこもって、事務作業をしているよりは可能性は高い――大学生の頃、雪子は真剣にそう考えていた。だから、迷わず旅行代理店を就職先に選んだ。当初は大阪店に配属となったが、その後も、ことあるごとに香港支店への異動を上司に訴え続けた。

そうしてその願いが叶《かな》ったのが、二年後の去年のことだった。

呉星《ウーシン》に話せば、「雪ちゃんこそ単純じゃないか」と笑われるだろう。今となれば、雪子も同じ思いだった。もっと早くに、もっと別な方法を取ることだってできたのだ。学生時代にここへ来て、探偵を雇って捜してもらうなど、より効率の良い手段もあったのだ。

しかし、雪子はそうしなかった。いや、正直なところ、思いつかなかった。自分の足と目と耳とで捜し出すという使命感のようなものに固執していた。自らこの地で暮らし、街の隅々を歩き、あちこち訪ねて回る。その衝動は、他の選択肢を消し去るほどに強烈だった。

そして雪子は、その思いに根付く理由も薄々感じ取っていた。

一つは、そうすることが自分なりのけじめだと信じていたこと。

もう一つは、雪子の捜している人物が「父親」であるということだった。

あの黒い男は——わたしの父親。

わたしが父親を捜しているのなら、父親だってわたしを捜していても不思議はない——。

雪子の中に、また気泡が湧き上がる。そして、窓を叩く雨のように、泡の弾《はじ》ける音が鳴り響いた。

雪子はトートバッグを手に取り、三〇五号室を飛び出した。

エレベーターは上階にあり、雪子はそのまま階段を駆け降りた。パンプスのせいか、思うように足が運ばず、何度か転びそうになる。それでもロビーに辿り着き、玄関へ向けて駆け抜けた。

「おい、ちょっと待てよ！」

呉星《ウーシン》だった。まだロビーにいたらしい。ソファーから跳ねるようにして立ち上がった彼の姿を、雪子は視界の隅で見ていた。

だが、雪子は彼に構わず、文城酒店《マンシンホテル》の外に出た。

待機していた的士《タクシー》に乗り込み、「快啲啦《ファイディラー》（急いで）！」と告げた。

的士はバタンとドアを閉め、雪子の言葉通りに走り出した。

振り返れば、追いかける呉星の姿が見えるだろう。しかし、雪子は後部座席に座ったまま、決して背後に目をやらなかった。

謝罪の念をぐっと飲み込みつつ、運転手に向かって声を荒らげた。

「急いで！　深水埗《サムソイポ》まで！」

7　星期二《シンケイイー》（火曜日）午後十一時

雨がボルボを叩き始めた。陳小生《チャンシウサン》はワイパーを作動させ、窓から大粒の滴を弾き飛ばした。

嫌な予感がする。陳の脳裏で何かが点滅を繰り返していた。

あの日も、こんな風に彌敦道《ネイザンロード》を北へ向かっていた。渋滞をかい潜《くぐ》るように、ボルボを右に左に滑り込ませ、苛立たしくクラクションを鳴らし続けた。

──そういえば、あの時も今日と同じ、寒い冬の夜だった。

陳《チャン》の額に、うっすらと汗の玉が滲んでいる。

三年前のあの日、仲間の古株、張富君《ヂヨンフーワン》から電話があった。

それはあまりにも唐突で、予想外なものであった。張富君は震える声で告げた。「娘の玲玲《レンレン》が自宅アパートの屋上から飛び降りてしまった」と。彼女はまだ十五歳だった。

海底トンネルを潜り、彌敦道に入る度、陳はいつも玲玲の愛くるしい笑顔を思い出す。赤ん坊の頃から、その成長を見守ってきた。「陳さんの下で働きたい」、それが彼女の口癖だった。化粧を覚え始めた頃には、ラブレターさえ渡されたのだ。

しかし、その玲玲は三年前の冬に亡くなった。

陳は目頭をこすり、アクセルを踏み込んだ。

煌《きら》びやかなネオンサインがフロントウィンドウを照らしている。慣れた眩しさだが、今日は何故か痛い。

そこには──玲玲の姿が映っていた。

昨日の夕暮れ、海上に出て、彼女に百合の花束を贈ったばかりだった。陳が自らに課した毎年の儀礼であった。

そのお礼に現れたのだろうか。百合の花を受け取ったと報告しに来たのだろうか。

玲玲はじっと優しい笑みを送ってくる。

「玲玲、一体どうしたんだい？」

思わず、口から零れていた。

「僕に何か言いたいことがあるのかな？」

彼女は依然、微笑んだままである。

なあ、玲玲――まさか、三年前の再現じゃないよな？

陳は胸の内で呟《つぶや》く。

玲玲が亡くなった日と、あまりに状況が似ていた。

突然の電話に寒い冬の夜――。

花束を海へ捧《ささ》げた月曜日の夜、陳は羅朝森《ローチウサム》刑事と会った。そこで彼から一枚の写真を手渡された。「この写真の男を捜し出したい」と。

そして翌日、その羅刑事から突然の電話。「奴に撃たれちまった」、そう言って、彼は弱々しい舌打ちを寄越してきた。

三年前と同じように、今、陳のボルボは彌敦道を北へと疾駆している。

玲玲――まさか、羅刑事は死ぬんじゃないだろうね？

君はそれを告げるために現れたんじゃないだろうね？

懸命に打ち消そうとするが、玲玲《レンレン》は何も答えてくれなかった。

彼女の隣に、羅《ロー》刑事が歪んで映る。

瞬きを重ねても、二人の顔はすぐそこにあった。

陳《チャン》は大きく息を吐き、携帯電話を手に取った。

「周《チャウ》か？」

相手は5コールもしないうちに応対した。

周賢希《インヘイ》――大仙《タイシン》病院に勤める外科医であった。

「陳、あんたか。返済日はまだのはずだ」

周の眠そうなあくびが聞こえた。それなりの腕と地位を持った医者であるが、彼は無類の競馬好きだった。それが元で、陳に対して多額の借金を抱えていた。

「どこにいる？」

「病院だよ。夜勤中だ」

「ならば目を覚ませ」陳は鋭く言い放つ。「一度しか言わない。しっかり聞け」

「はあ？　いきなり何なんだ？」

「ある男を助ける。そいつは屈強な男だが、脇腹を撃たれてしまったらしい」

途端に電話口の空気が一変した。張り詰めた周の気配が電話の向こうから這ってくる。

ようやく周も、陳の緊迫感を察したようだった。

「弾は貫通しているらしいが、その男は今、太子《タイツイ》で寝転がったままだ。だから、彼を拾って君の病院へ向かう。準備を整えておいてくれ」

「……ああ」

「もし男を救えたら、君の借金は減額、いや、帳消しにしてやってもいい。僕は彼を助ける。絶対に死なせるんじゃない。いいね？」

ボルボは旺角《モンコック》を越え、ようやく太子に入ろうとしていた。

「あんたにとって、それほど大事な人物ってことか」と、周が言った。

「うん。多分、そういうことなんだろうな」陳は頷く。「周、もう一度言うよ。絶対に彼を助ける。その男は——僕の友人なんだ」

陳は電話を切り、すぐさま別の番号を画面に呼び起こした。

「——羅刑事」

電話口からは何も反応がなかった。

遠くから微かに車のエンジン音らしきものが漏れ聞こえていた。

「おい、聞こえるか？」

何やらガサガサと雑音がしたあと、羅がようやく答えた。

「……ああ……てめえか」

羅の声を耳にし、陳は胸を撫で下ろした。先程よりも衰弱したような印象を受けるが、意識はまだはっきりしているらしい。

「今……どこだよ?」

「もう着く。太子にいる。汝州街《ユーチャウストリート》のどの辺りだ?」

「界限街《ガイハンストリート》との交差点……その西側の路地……だな」

「もう少し耐えられるか?」

「ああ……少し手足が……震えているがな」

「羅《ロー》刑事、このまま話し続けるんだ」

「ちっ……てめえに助けを求めるなんざ……オレはどうかしちまったのか」

「ああ、どうかしたんだろうね、きっと」

「そうだ……オレは……どうかしちまった……」

羅の苦笑が小さく聞こえた。

「奴に撃たれた――そう言ったね?」と、陳《チャン》は訊ねた。

「言った」

「奴ってのは、あの古ぼけた写真の男だろう?　君が捜し出したいと言っていた男」

「……その通りだ……あの雲呑《ワンタン》野郎、本当に帰って来やがった」

「雲呑?　帰って来た?　どういう意味だい?」

「……」

言葉が消えた。

「おい、羅刑事！　どうした？　話し続けるんだ！」

「……酒と……綺麗なシャツを……買って来てくれ」

「おい！」陳は叫ぶ。「羅刑事、電話を切るな！　分かったな！」

「……でけえ声を出すな……聞こえてるよ」

界限街の標識が見えた。

陳は急ブレーキをかけ、交差点の真ん中にボルボを止めた。後続車から一斉にクラクションが鳴り響く。

携帯電話を握り締めたまま、陳は運転席から飛び出した。その姿にハイビームを浴びせているのは白いジャガーだった。

「おい、こら！　危ねえだろうが！」

助手席側のウィンドウが降り、髪を茶色に染めた若い男が顔を覗かせた。

陳はジャガーに近寄るなり、そのドアを蹴《け》りつけた。ボンと弾むような音がしたかと思うと、ジャガーの横腹が大きく凹《へこ》んでいた。

「な、何しやがる⁉」

男が助手席から降りようとする。陳は開いた窓に右手を突っ込み、男の胸倉をきつく捻《ねじ》り上げた。

「この近くに薬房《ドラッグストア》はないかな？」

「は？　知らねえよ、そんなもん」

陳《チャン》は右手を放し、男を解放した。周囲を見回す。北西の角に便利店《コンビニ》らしき店があった。陳はそちらへ向かって足を踏み出した。

「おい、待てよ」

陳の肩に手がかかった。振り返ると、先程とはまた別の若い男が突っ立っていた。ジャガーの運転席でハンドルを握っていた革ジャンパーの男だった。

「羅《ロー》刑事、便利店がある方の路地か？」と、陳は電話口に言った。

「ああ……多分、そうだ……」

「よし。今、行く」

「おい、こら！」と、革ジャンパーが割り込む。「何考えてんだ、貴様！」

陳は右膝《みぎひざ》を革ジャンパーの腹にめり込ませた。ぐうっという呻《うめ》き声とともに、男は体をくの字に折った。鳩尾《みぞおち》に入ったのか、男は地面に四つ這いになり、苦しそうに喘《あえ》ぎ出した。

「僕が壊したところは弁償する。車も君の体もね。腕のいい修理工と医者を紹介しよう」

「貴様……覚えてろよ……」男が陳を睨み上げる。

「いいだろう、僕もしっかりと覚えておくよ。でも、とにかく今は静かにしてくれ」

陳はボルボを放置したまま、便利店へ駆け込んだ。

雨に打たれたまま寝転がっている羅刑事を見つけたのは、二本目の路地に入った時だった。「音を出せるか」と陳が言うと、反対の方角から、ガツンという何かを蹴るような音が聞こえた。そして、陳はその音を頼りに、ようやく羅の無残な姿に辿り着いたのだった。

「……ちっ、遅かったじゃねえか」

陳を見るなり、羅は苦しそうに顔を歪めた。

「そうかい？　これでも急いだつもりなんだけれどね」

陳は屋根を探し、その軒下まで羅を引きずって行った。

羅はずぶ濡《ぬ》れだった。もはや制服と化したステンカラーコートはたっぷりと水と泥を吸い、黒く濡れていた。陳はそのコートを脱がし、傍らに放り投げた。

「おい……何しやがる。オレの……一張羅だぜ」

「新しいのをプレゼントするよ」

「てめえからプレゼントだって？　娘からも……もらったことがねえのによ」

「それだけ喋《しゃべ》れたら大丈夫だね。ちょっと本気で心配したよ」

「嘘つけよ……刑事に貸しができるって喜んだんだろうが」

「貸しを作りたいのは僕じゃない。君の方だろう」

「ちっ……早くそれを寄越せ」

羅《ロー》が陳《チャン》から紙袋を奪い取った。恐らく白だったであろう綿のワイシャツは、左の脇腹を中心にして、放射線状にどす黒く滲んでいた。

羅は自らシャツを引き裂いた。いくつかのボタンが飛び、路地に転がった。その下のアンダーシャツを自らまくり上げ、むき出しになった脇腹へ瓶の中の液体を流し込んだ。

「酒って、飲むためじゃなかったのかい?」

陳はタバコに火を点け、笑みを浮かべた。

「当たり前だろうが……傷口の消毒に決まってる」

羅がぐっと奥歯を噛み締め、唸《うな》り声を上げた。

「いい酒を買ったのに、勿体《もったい》ないいな」

「てめえ……この期に及んで……酒の心配をするのかよ」

羅は次に紙袋からティッシュの束を取り出した。陳が酒と一緒に買って来たものだった。

羅は患部を乱雑に拭うと、赤黒く染まったティッシュを路地に放り投げ、また新たに脇腹に当てた。

「便利店《コンビニ》にはTシャツしかなかったよ」

「それで……十分だ」

相当痛むはずだが、羅は器用に上半身を動かして新しいTシャツに袖を通した。決して、陳に手伝わせようとしなかった。

「寒いか？」

「ましになった……いや、これから……ましになるだろうさ」

羅は酒のボトルを握り、一気に喉の奥へと傾けた。

「結局は飲むのかい？」

「ふん……いい酒なんだろう？」

「いつもの君らしいな。その様子じゃ、本当に心配なさそうだ」

陳はタバコを消し、「僕にもくれ」と、羅からボトルを奪い取った。アルコールが冷えた体に染み渡っていく。濡れた髪も服も気にならないほど、瞬間的に体温が上がった。

「歩けるか？」

「……多分な」

羅は脇腹を押さえつつ、壁に手をかけながら立ち上がった。大きく息を吐き出す。立ち眩《くら》みでも起こしているのか、何度か頭を左右に振り、また深く呼吸を繰り返した。

「羅刑事、君は本当に頑丈だな」

「脇腹を撃たれたくらいで……死ぬ奴なんていねえよ」

「そんなことはない。それだけ血が流れれば、普通の人間は意識が消える」

「じゃあ、オレは……普通じゃねえんだろうさ」

羅がゆっくりと歩き出した。痛みが激しいのだろう、足を引きずるような格好になっている。

「いや、君は普通の男だと思うよ」

「はあ？」

「忘れ物だ」陳《チャン》は立ち止まり、そっと羅《ロー》に差し出した。「君の財布だろう？　君が倒れていた傍に落ちていたよ」

「ふん……酒とシャツの代金を寄越せってか」

「まさか」

羅は、陳からひったくるようにして革財布を受け取り、尻のポケットにしまった。

陳は黙っていた。駆けつけた時、羅の右手がその財布を握り締めていたことを。そして、陳は知っていた。財布の中には、一人娘の写真が収められていることを。

陳に対する羅の借金はすべて、その一人娘と、彼女と共に暮らす別れた妻のためであった。娘の養育費や学費を、羅は借金をしてまで送金し続けているのだ。

そう、羅はひどく強引で粗暴な刑事であるが、一人の普通の男でもある。いや、普通の父親と言うべきか。娘のために汗を流し、血を流しながら娘のことを想《おも》う一人の父親なのだ。

羅は体を左に傾けながら不格好に歩いていた。陳はその背中に追いつき、着ていた青のダウンジャケットをかけてやった。

「今はアルコールが回っているだけさ。すぐにまた冷える。さっき捨てたコートの代わりだ。君にあげるよ」

「別に寒くねえよ」

「……ふん」

羅はそのまま歩き続けた。ジャケットには手を通さず、肩に羽織ったままの姿だった。

界限街《ガイハンストリート》の交差点に止めたボルボが視界に入った。

白いジャガーや革ジャンパーの男はもう消えており、ボルボだけが忘れ去られたように、交差点の真ん中で雨に濡れ続けていた。

二人は横断歩道の前で、信号が青になるのを待っていた。

「さて」と、陳は口を開いた。「そろそろ聞かせてもらってもいいだろう」

「……ああ、分かってるよ」

羅が嚙み潰すような口調で答えた。

「君は——あの写真の男に撃たれたんだね？」

「……そうだ……あの雲呑《ワンタン》野郎……」

「それ、さっきも聞いたな。誰なんだい？　その雲呑野郎ってのは」

「元秋男《ユンチヤウナム》……オレの……同期だ」

「同期？　それはつまり、彼も警官なのか？」

信号が変わった。二人は並んで足を踏み出した。陳《チャン》は羅《ロー》の速度に合わせ、ゆっくりと歩んでいる。

「元……だろうな……ある時……奴は突然……姿を消した」

「姿を消した、か。なるほど。だから、君は『帰って来やがった』って言っていたのか」

ボルボまで辿り着いた。陳は運転席に滑り込み、羅は後部座席に転がり込んだ。陳はエンジンを始動させ、エアコンを全開にして車内を暖めた。

「てっきり……死んでいるのかと思ってたぜ……なのに……奴を見たって情報が……数日前に入ってきてよ……」

「同期なんだろう？　それなのに、どうして君が撃たれなきゃならない？　感動の再会じゃないか」

界限街《ガイハンストリート》は東への一方通行である。陳は右折し、彌敦道《ネイザンロード》へと戻り始めた。

「感動だと？　笑わせるな……弾丸を撃ち込んでやりたいのは……こっちの方なんだぜ」

「何だって？」

「恨みがあるのは……こっちの方だと言ったんだ」

陳はルームミラー越しに羅を見つめた。

羅は唇を噛み締めながら、雨に濡れる夜の街を眺めていた。その視線は、先程まで血を流していたとは思えないほどに鋭い。ネオンサインの灯りが彼の顔を照らす。赤、青、緑

――。

その頬が赤に染まった時、羅がぽつりと言った。

「時は……繰り返すってか」

「うん？」

「早く……奴を止めなきゃならねえ……また何か……しでかすつもりだ」

# 仲冬――過去――

## 1

「お前の言う通りだったな」

助手席に座った羅朝森《ローチウサム》が、坊主頭をかきながら口笛を吹いた。車内の空気がほんの一瞬だけ緩む。続けて彼はにっと微笑《ほほえ》み、「別に疑ってた訳じゃねえぜ」とつけ足した。

元秋男《ユンチヤウナム》は前方を向いたまま、一度だけ頷《うなず》いた。

視線の先には一台の白いベンツがあった。車間距離を取りつつ、麓《ふもと》の銅鑼灣《コーズウエイベイ》からずっと尾行していた車だった。

銅鑼灣から軒尼詩道《ヘネシーロード》を西に進み、金鐘《アドミラルティ》に入ると、今度は紅棉路《コットンツリードライブ》へ南に折れ、ベンツは山頂道《ピークロード》へと進路を取った。山頂道の行き着く先は太平山頂《ヴィクトリアピーク》である。

曲がりくねった山道を上りながら、秋男はふっと息を吐き出した。

――今のところ、すべて順調だ。

既に午前0時を過ぎている。十一月の山頂《ピーク》は冷えた。窓を閉め、暖房を点《つ》けていたが、あまり効いているようには思えなかった。恐らくは、秋男が用意したこの車の問題だろう。ベンツのライトが右に折れ、左に折れと、夜の山道を照らしている。秋男はその光を目印に前方を睨《にら》み続けた。

「山頂のどの辺りだろうな」と、羅が言った。「どこか、側道に入る可能性もあるぜ」

「ええ、分かっています」

「あのよ、今更言っても仕方ねえけど、二人だけで大丈夫か？」

「なら、引き返しますか？」

「そうは言ってねえよ。もうやると決めたんだ。ならばオレは必ずやる」

「心配は私だと？」

「まあな。率直に言えばそうだ。緊張し過ぎだぜ。汗を拭《ふ》け」

「緊張などしていません。武者震いってやつでしょう」

「ふん、格好つけてんじゃねえよ」

秋男は手の甲で額を拭《ぬぐ》った。羅の言う通り、嫌な汗の玉がびっしりと張りついていた。

秋男はそれをジーンズの太もも辺りにこすりつけた。鼻の頭にはまだ汗が浮いている。伊達眼鏡《だてめがね》の縁が滑り、ずれていることにも気付いていた。

「そいつでも吸って落ち着けよ、雲呑《ワンタン》」

羅《ロー》が秋男《チャウナム》の口にタバコを差した。既に火が点けられている。

「この期に及んでも、私は雲呑ですか」

雲呑とは、羅が好んで口にする秋男の愛称だった。

「お前は昔からずっとそうさ」

「この計画を持ち出したのは私ですよ」

秋男はハンドルを握りながら、深く煙を吸い込んだ。別に緊張しているのではなかった。秋男はただ、自分の計画通りに事が進むかどうか、それを案じているだけだった。

数週間ほど前にようやくつかんだ情報——山頂《ピーク》で覚醒剤《かくせいざい》の売買が行われる。しかも、かなり大規模な取引だという話。

秋男の情報屋が手に入れた——と、羅には話してあった。

嘘《うそ》ではなかった。

より正確に言えば、情報屋やドラッグの売人、そして自らの足を使って、秋男自身が入手した情報の裏を取ったのだった。

香港島の南側の海岸から、大量の覚醒剤が運ばれてくる。多分、タイ辺りからの密輸だろう。

反対の北側からは高額の資金がやってくる。つまりは覚醒剤を購入する三合会《トライアド》の連中だ。

そして、ちょうど互いの中間地点に当たる山頂で、両者は売買を行う——。

情報の出所は信用に値する組織であったし、情報屋や売人が集めてきた情報も、秋男自らが精査を重ねた。

しかし、一抹の不安は拭えない。

情報通り、本当に取引が行われるかどうか？

行われたとしても、それは秋男をはめるためではなかろうか？

秋男の計画は漏れていない——そう信じている。

だが、この世界の信頼関係など、ガラスのように脆《もろ》く、危うい。いつ裏切られ、裏切るかなど、誰にも分からない。何故《なぜ》なら、その信頼は金銭の上に成り立っている。儲《もう》けが大きい方へ簡単になびく。簡単に口を割る。多くの者がそうであるように、警官も情報屋も売人も欲は同じだ。

秋男はそれを——身に染みて実感していた。

「お前の情報屋、大したもんだな」と、羅が言った。

「ええ」

「どこで拾ったんだよ」

「それを訊《たず》ねるのはルール違反ですよ」

「分かってるよ。オレだって、情報屋の一人や二人は抱えてる。でも、ろくな情報を寄越さねえ。そのくせ、金ばかり要求しやがる」

羅《ロー》の言うように、情報屋への代金は抱えている警官の自腹である。警察署が経費として支払ってくれるはずもない。それだけに能力が高く、かつ信頼のおける情報屋だけを手中に収めて置きたいのが警官の本音だった。

「これが上手《うま》く行きゃあ、オレからも礼をするぜ」

「彼にそう伝えておきますよ。紹介はしませんけれど」

「ちっ、固え野郎だな」と、羅が舌を打った。「まあ、いいさ。お前の情報筋だが、手柄は折半だ」

「もちろん。二人で逮捕した、それで構いません」

車は中腹辺りを過ぎた。

先を走るベンツに異変はない。その車内には三合会《トライアド》の連中が数人と、数百万のＨＫドル紙幣。そして、南側からは数十キロのドラッグが同様に山頂《ピーク》へ向かっている。

「だがよ、所轄署の連中に嫌われるだろうな」

羅が助手席で大きく伸びをした。シートがぎしぎしと音を立てる。

「嫌われるでしょうね」

「まあ、知ったこっちゃねえか。逮捕しちまえばよ」

「ええ。不審車両を発見し、尾行した。すると麻薬の取引現場に遭遇した。別に文句を言われる筋合いじゃありません」

「おまけに非番中ときている」

「そうです。二人で食事に出かけた最中です」

「ふん、偶然にもほどがあるな」

「そのための私服であり、車も奪ってきたのじゃありませんか。制服の着用もなければ、警察車両も使わない。そうでしょう?」

「まあな。あとで、どうして応援を呼ばなかったと責められても困るからな。無線がなかったという言い訳が成立しなくなっちまう」

羅がタバコに火を点け、半分ほど窓を降ろした。途端に冷気が車内に流れ込む。彼は少し窓から顔を出し、山頂道《ピークロード》に吹く風を浴びていた。

本人は興奮を抑えようとしているのだろうが、傍《はた》から見れば、そこにはやはり緊張の色が窺《うかが》える。もしかすると、秋男《チャウナム》よりも彼の方にこそ、リラックスが必要かもしれなかった。

警察車両や制服に関すること、不審車両に非番の偶然性――それらは既に、二人で何度も話したことだった。そうしてこの計画を積み上げてきたのだ。今更、確認するまでもない。

秋男は羅の横顔を盗み見た。彼の目はじっと前方の光を捉《とら》えている。しかし、タバコを挟む右手が微《かす》かに震えていた。

――無理もない。こんな話に乗ってくれる警官は他にいないだろう。

秋男《チャウナム》は頬《ほお》を緩め、助手席で反り返る彼に改めて感心した。

――会話くらい合わせなければ、失礼というものだ。

「羅《ロー》さん、これはあくまでも私とあなたの計画です」と、秋男は続けた。

「分かってるよ。こんな偶然、誰も信じねえだろうしな」

羅が声を上げて笑った。今日の彼は普段にも増してよく喋《しゃべ》った。

「信じますよ。私とあなたが貫き通せば、偶然は真実に変わります」

秋男は淡々と返した。それは羅が待っているであろう台詞《せりふ》でもあった。これまでに何度も交わした会話だ。よもや彼も忘れてはいまい。

次に羅は秋男を見やり、にっと歯をむくだろう。そして、「お前、タフな野郎だな」と語りかけるに違いなかった。

「お前、タフな野郎だな」

案の定、羅はそう口を開いた。

「警官は皆そうでしょう」

「いいや。オレたちはまだまだひよっ子だ。警察学校を出て三年も経《た》っちゃいねえ。それなのに情報屋を飼い、無茶な捜査に打って出ている。そんな奴、そうそういねえよ」

「あなたもそうじゃないですか」

「だから、オレとお前の二人だけさ」

秋男はダッシュボードの灰皿を引き出し、タバコの火を消した。

「おい、吸殻はそこに捨てるなよ」と、羅が言う。

「分かってます」

車内に証拠を残すことはできない。山道に投げ捨てることも論外だった。失敗は頭にないが、絶対はない。万が一失敗したならば、二人がこの山頂《ピーク》にいたという痕跡《こんせき》を消さなければならない。二人の新米警官が粋《いき》がって取引現場に乗り込んだはいいが、みすみす取り逃がした――そんな噂《うわさ》が流れることは絶対に避けねばならなかった。だからこその私服であり、わざわざ違法すれすれの工場から車も調達してきたのだ。

秋男は吸殻をジーンズのポケットに押し込んだ。

頂まではまだ少し時間がある。秋男は黙ったまま、これからの展開を脳裏に描こうとした。

絶対に失敗はできない。そのプレッシャーは確かにある。そして同時に、絶対に失敗するはずがないという自信もあった。

そんな圧力と高揚が交互に、あるいは入り混じって、秋男の体内を駆け巡っている。とにかく両者を中和させたかった。ほんの五分でも構わない。静寂が欲しかった。しかし、羅がそれを許してはくれなかった。

「お前、何を望んでいる？」

――ああ、そうだ。いつも彼はそれを訊ねる。

秋男《チャウナム》はちらりと助手席を一瞥《いちべつ》し、「別に」と答えた。

「そんな訳ねえだろうが。こんな無茶な真似《まね》をしようってんだ。それなりの動機が必要だぜ」

「では、あなたは？」

「そんなもの、決まってるだろうが」羅《ロー》が嬉《うれ》しそうに唇を歪《ゆが》める。「悪党を許しておけねえからだよ」

「悪党、ですか」

「ああ、そうだ」

羅が強く頷いた。何の恥ずかしげもなく。

――そう、彼は昔からこういう男だった。

警察学校で出会ってから二年半。彼はずっと一貫して、子供のように真《ま》っ直《す》ぐな主張を繰り返した。

秋男はひどく驚かされたものだった。「悪党」などと、幼稚な理念を持って警官になろうという人物が存在するとは思いもしなかった。笑わせるために口にしているのだろうと、しばらくの間、秋男は相手にしなかったくらいだ。しかし、彼は真剣そのものだった。嘘のように悪を憎む、嘘のように現実離れした警官だった。

そういえば、その理由を訊ねたことがあったな――悪党とは何か？　と。彼は何と答えたろうか。

思い出せなかった。いくら探してみても、秋男の記憶から抜け落ちているようだった。多分、彼が発する熱よりも、秋男はずっと冷めていたせいだろう。そもそも、記憶に残す気がなかったせいだろう。

何故なら――秋男は警官になった時点で、警官を辞める覚悟をしていた。ある目的が達せられた時点で、未練なく警官を辞めるつもりだったのだ。

秋男は不思議で仕方ない。今、こうして隣に座っているのが、自分とは正反対の、熱く実直な男であることが。「警官」という職業を心の底から誇りに思う男であることが。

――自分とはまるで違う。

「地位かよ？」と、羅がぽつりと言った。

「え？」

「だから、お前の動機は地位かと訊《き》いた。早く昇進して、署長にでもなりてえのかよ」

「さあ、そういうつもりはありませんが」

「煮え切らねえ野郎だ」

「どうしても動機が必要ならば、それで構いません」

「お前、やっぱり変わってるな」

ねえぜ」

羅《ロー》はいつものように、「ちっ」と舌を打ち、タバコの火を指で押し潰《つぶ》した。

「余計なお世話かもしれねえけどよ、お前、そんな柔《やわ》なこと言ってると、警官を続けられねえぜ」

「そうですか？」

「周りに潰されるか、自ら潰れるか――」

その時、ルームミラーに光が差し込んだ。側道からこの山頂道《ピークロード》に、一台の車が入って来るところだった。白っぽいワンボックスである。事前に潜んでいた三合会《トライアド》の連中の車かもしれなかった。

「尾行か？」

秋男《チャウナム》の表情を見て取ったのか、羅が背後を振り返った。

「奴らの応援部隊かもしれません。急に左折してきました」

「なるほど、ここらに住居はねえな」

「山頂《ピーク》のどこかに潜んでいるだろうとは思いましたが」

「ああ、取引現場の近くだろうと思ってたがな。奴らも用心深いぜ」

「次の通りで曲がります」

「いいだろう。あの車をやり過ごそう」

秋男は歌賦山里《ゴウヒルパス》でハンドルを左に切り、少し速度を落とした。この辺りには山頂消防局があるはずだった。

例のワンボックスがこちらを確認するかのように、ゆっくりと山頂道を通過して行く。

「ちっ、あいつら早く行けってんだ」

羅はルームミラーの角度を変え、背後の様子を覗《のぞ》き込んでいる。

「やっぱり連中の応援ですか」

「間違いねえな。そのカーブを曲がったら奴らの死角に入る。すぐにUターンだ。追うぞ」

秋男は右に曲がると、車を止めた。が、もともと側道だ。十分な道幅がない。そのままバックで来た道を戻り始めた。何度かバンパーをガードレールにこすりつけた。その音が連中に届いたかどうか心配したが、それよりも時間が惜しかった。

「ライトを消せ！」

飛び跳ねるように山頂道に戻ると、羅が叫んだ。

山頂道はすべて秋男の頭に入っている。街灯の灯《あか》りだけでも運転に支障はないだろう。

「いいでしょう」

秋男はアクセルを踏み込んだ。

——大丈夫。計画通りにきている。

秋男《チャウナム》は唇を舐《な》め、前方を睨みつけた。
もう少しで——隣の羅《ロー》ともお別れだ。

## 2

羅朝森《チウサム》と初めて出会ったのはいつだったろうか。

警察学校で訓練を受けている最中だったのは確かであるが、その日のことは不確かだった。つまり、元《ユン》秋男にとって二つの意味で、その日は特別でも何でもなかった。

羅という人物に特別に興味を持った訳でもなく、羅との出会いが特別な何かを秋男にもたらした訳でもなかった。与えられた課題を機械的に実践する日々の、ごくごく日常的な一日の中の一つの出来事でしかなかった。

秋男は淡々とそれらの課題に向き合い、取り組むことで日々を過ごしていた。だが、秋男は決して無気力な人間ではなかった。中には当然、そういう者も少なくなかった。何もすることがなく、または、何も仕事が見つからず、自分の意志とは別の動機から警察の門を叩《たた》いた人間はいた。

彼らは適当に訓練をこなし、適当に手を抜き、適当に時間を費やしていた。警察官としての責務や使命など、気にもかけなかったことだろう。昇進など、警察学校を卒業する前に既に諦《あきら》め、生活に困窮しない程度の給料をもらえればそれでいい、と考えているごく普通の人々だった。

しかし、秋男は彼らと違った。真剣に訓練に当たった。手を抜くことはしなかった。何故なら、秋男には歴とした目的があった。彼らにはない明確な計画があった。

——数年後には警官を辞職する。

より正確に言うならば、罪を犯して警官を辞める——という計画があったのだ。

そういう意味では、秋男も彼らと同様、警察官としての責務や使命など、何も感じていなかったと言えるかもしれない。

すべての訓練は警官になるために受けたのではなく、犯罪者となるために学び、体に染み込ませたのである。捜査方法や逮捕術、あるいは基礎体力の向上は、あくまでものちの「逃亡」と「追跡」のためのものだった。

秋男からは、そんな異質な空気が漂っていた。自身でもそれはよく理解していた。できうる限り隠すつもりだった。一訓練生であろうと注意も払っていた。しかし、異端の気というものは自然と発されるものであり、そしてまた、周囲も機敏に感じ取るものである。二十歳そこその年齢では、完全に消し去ることは難しかったのだろう。

同じく異質な存在だった羅朝森が秋男に声をかけてきたのは、恐らく、その辺りに理由があったに違いなかった。

「お前、何か匂《にお》うな」

それが羅《ロー》の第一声だったはずだ。

そして、事あるごとに彼は言った。「お前、本当に警官になりてえのかよ」と。

明らかに羅も異質だった。秋男《チャウナム》が持たない異常なまでの熱を持ち、他の者たちが持たない確固たる意思を持っていた。秋男とは逆に、彼はその圧力を留《とど》めようとせず、いや、まったく頓着《とんちゃく》せず、溢《あふ》れるに任せているような珍しい男だった。

——悪党を許さない。

羅は口癖のようによく言った。

その度に、秋男は懸命に苦笑を隠したものだった。

——すぐ目の前に悪党はいる。

決して羅と馬が合った訳ではない。気心が知れた仲になった訳でもない。ただ、話す機会が他の訓練生よりも多かっただけである。それも、その場を作るのは常に羅からだった。秋男の方から彼のもとへ足を向けることはなかった。いつも彼が秋男の前に現れた。

大抵の場合、食堂だった。

食事をしながらのほんの数十分間——別に苦痛ではなかった。羅がやって来るから、秋男は応《こた》える。そう、それだけの関係に過ぎなかった。

何を話していたのか、あまり覚えていない。そもそも、秋男は羅に関心がなかった。何より共通点が見出《みいだ》せなかったし、また、過去については語らないという暗黙のルールのようなものが、いつの間にかでき上がってもいた。そして、趣味や日常の話題では、まるで話が続かない有様だった。

強いて共通点を挙げるならば、互いに目的を持っていたという点だろうか。秋男は胸の内で、警官を辞めるまでの計画を淡々と練り続け、羅は言葉にして、警官となって悪党を懲らしめる方法を熱心に練り続けていた。

もしかすると、羅がやって来るのは、この一点の共通項が関係していたのかもしれなかった。羅が何らかの理由で一方的に距離を縮めようとしていたのか、あるいは、彼が秋男の目的を知っており、未然に防ぐために監視しようとしていたのかもしれない——いや、羅はそれほど繊細な男には感じられなかった。それはきっと秋男の邪推だろう。

そうした数十分を重ねたある日、羅がぽつりと零《こぼ》した。

「オレよ、ガキの頃に親父《おやじ》が殺されてな」

いきなり何を言い出すのかと、秋男はいささか面食らった。話の舵《かじ》を握るのは常に羅だったが、あまりの急旋回に驚きを隠せなかった。しかも、過去を語らないという暗黙のルールを、自らあっさりと破り捨ててまで。それまでは、あの教官の態度は許せない、この教官は生温《なまぬる》いなど、だらだらと羅は文句を垂れていたのだ。

「……そう……なのですか」

秋男《チャウナム》は箸《はし》を持つ手を止めた。

「三合会《トライアド》の連中さ。まあ、時代が時代だったってこともあるけどよ」

一九六〇年代から七〇年代前半にかけて、三合会は最も興隆を誇った。一説では、香港警察の三人に一人が三合会関係者であったとも言われ、警察をはじめ、あらゆる機関や団体が三合会と密接しており、それこそ何でもやり放題という気配さえあったようである。

そんな血なまぐさい時代に、羅の父親は三合会の連中に殺されたのだと言う。しかも、黒いつながりを持つ警官を咎《とが》めようとして、返り討ちにあったらしい。

「親父は正義感の強い男でね。市場で働いてたんだけどよ、そこに連中が金をせびりに来るのさ。ショバ代ってやつだな。でも、うちの親父は絶対に払わなかった」

「それでは連中が黙っていないでしょう」

「その通りさ。毎日のように嫌がらせさ。露骨に殴られたこともあったみたいだ。だから、親父は警察署を訪ねた。何もしてくれねえことくらい親父も分かっていたさ。連中とグルなんだからよ。逆効果さ。火に油を注ぐってやつだな。市場の連中はみんな親父を止めたらしい。どうなるか結果が見えていたからな。黙ってショバ代を払っておきな、みんなそう言った。でも、親父は一縷《いちる》の希望を託した。少ないながらも善良な警官はいると、それに賭《か》けたのさ。馬鹿な親父だよ。結果、賭けに負けた。それも、自ら負けを選んだ。善良ではない警官に食ってかかったのさ。善良になれ、とね」

「だから、あなたは警官の道に？」

「さあな。多少は影響があるのかもしれんが」

「なるほど。父親の仇討《かたきう》ちですか」

「ふん、そんな大袈裟《おおげさ》なもんじゃねえよ」

「あなたにとって、父親の存在は大きいのですね」

「そうは言っちゃいない。誰もが何かしら親から影響は受けるだろうが。良くも悪くもな。その程度のもんさ。親父を英雄だなんて思っていないぜ。どこにでもいるような、ごく普通の親父だったさ。あまり記憶に残っていないけどよ」と、羅《ロー》は白米をかき込みながら言った。「お前はどうなんだ？」

「私、ですか」

「ああ」

秋男は茶を啜《すす》り、ゆっくりと視線を窓の方へ逸《そ》らせた。サッカーもできないくらい狭い土のグラウンドが見える。傍らのベンチには訓練生が寝そべり、昼寝をしていた。

──父親、か。

あまり考えないようにしていた存在だった。

「何だよ、お前のそんな表情、初めて見るな」

羅《ロー》は野菜炒《やさいいた》めを白米の上に乗せ、更にがつがつと喉《のど》の奥へ放《ほう》り込んでいる。

「そうですか」

秋男《チャウナム》は努めて冷静に答えた。だが、失敗していたようだった。

「怒りか？」

不敵に唇を歪め、羅が言った。

多分、その通りだった。秋男にとって、父親は憎悪の対象でしかなかった。本来ならば、こんな人生を歩むはずではなかった。この地へ来るはずではなかった。厳しい訓練に励む日々ではなく、それこそ、窓の外でベンチに寝転ぶ訓練生のように、大学のキャンパスかどこかでぼんやりと過ごしているはずだったのだ。きっと、本でも読みながら。

――すべては父親のせいだ。

幼い頃から、そして今なお続く、秋男の偽らざる感情だった。

「ふん、お前のことだ。突っ込んでも、これ以上話さねえんだろうな」

「それが――悪党ですか？」

秋男は訊いた。思えば、秋男が話の舵を切ったのはこの時が初めてかもしれなかった。

「うん？」

「あなたはいつも悪党を許さないと言う」

「そんなこと言ってるかよ」

「言ってますよ。悪党とは善良ではない者のことですか」

「さあね。そんなことは知らねえな」

「善良であっても、悪に走らねばならない時もあるでしょう」

「だから知らねえって。そんな難しいことはよ」

「難しい？」

羅は白米を食べ終えると、今度は隣の碗《わん》から麵《めん》を啜り始めていた。

「悪が何かなんて言葉では言えねえよ。オレがその時、悪と感じたのであれば、それが悪だ。ごちゃごちゃと難しいことを考えるな」

「では、私が悪だと感じれば、それが悪だと？」

「そういうことになるな」

「ならば、あなたの悪と私の悪は同じでないかもしれませんね」

羅がふと箸を置いた。そして、じっと秋男を睨みながら「似たようなもんさ」と言った。

「は？」

「俺もお前も、結局のところ、感じる悪はそう変わらないと言ったのさ」

「何故そう言い切れるんです？」

「簡単なことだ。二人とも警官だからな」

「警官だから？」

「そうだよ。そうじゃなきゃ、警官になろうなんて思わねえだろうが。悪党を退治したいなんて思わねえだろうがよ」

そう言って、彼は満足そうにまた箸を持った。

秋男は黙って羅《ロー》を見つめていた。いや、実際、ぽかんと口を開けていたかもしれない。

それくらい、秋男には彼の言うことが理解できなかった。

彼には彼なりの持論がある。それは分かる。だが、そこに存在するのは彼の感覚のみであって、決して論理的なものではない。何より、法の一字すら出てこないことが信じられなかった。いや、法に裏づけされもしない、そんな直感的な主張を堂々と語れる神経が信じられなかったのだろうか。

いずれにせよ、羅に言わせれば、警官には一種類の人間しかいないらしい。彼も秋男も、そして職業の一つとして警官を選んだ彼らも、みんな同じなのだ。

警官にも色々な人間がいると思いますが——秋男はその言葉を飲み込んだ。どうせ返ってくるのは、「分かってるよ。でも根は一緒だ」くらいが関の山だろうと思われた。

——悪党退治か。

秋男は呟《つぶや》いた。その前提や動機には納得しなかったが、秋男は素直に思った。きっと羅はいい警官になるのだろうと。

「あ、分かったぜ！」

羅が突然、声を上げた。

「何ですか、急に」

「お前、何かに似ているとずっと思っていた」羅が手にしていた箸で秋男を指した。「お前、雲呑《ワンタン》に似ているな」

「は？　雲呑？」

「そうだ。色の白いことといい、線の細い体といい、つかみどころがない性格もそっくりだぜ。そうだ、雲呑だ」

そう言って、羅は空いた左手で楽しそうにテーブルを叩いていた。

「例えるなら、せめて人にして下さいよ。食べ物じゃなくて」

「思ったんだから仕方ねえだろう。見ろよ」

羅は碗の中に箸を突っ込み、細長い雲呑を一つ摘《つま》み上げた。

「お前は一見、優男《やさおとこ》に映る。話しかければ応じるし、場を乱すような真似もしない。でもよ――」

羅が宙に浮いた箸に力を入れた。すると雲呑は箸の間から滑り落ち、碗の中で汁をはね上げた。

「少し近づこうとしたら、お前はこんな風にするりと逃げる。綺麗《きれい》に身をかわす。これ以上、接近するなと言わんばかりにな」

「そうでしょうか」

「今更惚《とぼ》けることはねえだろう。自分でも分かっているんだろうが」

秋男《チャウナム》は何も答えなかった。気のない笑みを浮かべるだけだった。

羅《ロー》はしばらく碗を眺めたあと、不意に箸をテーブルに転がし、背もたれに身を預けた。

「やめた。もう食う気がしなくなったぜ」

「私を食べているみたいだから？」

「まあな」と、羅は両腕を後頭部に回した。「あのよ、オレとお前は同期なんだからよ、その丁寧語はやめろよな」

「この方が私は話しやすいので――」

「ちっ、お前の壁は崩れそうもねえな」

「私の壁？」

「ああ、頑丈な壁さ。白を切ってんじゃねえぞ」

「私の壁を崩したいのですか？」

「興味はあるぜ。まあ、卒業までには無理だろうがな」

羅はそう言い残して席を立ち、大股《おおまた》で食堂を出て行った。

秋男は去って行く彼のうしろ姿を黙って見送った。

羅さん、あなたのその言葉は正しい――私の壁が壊れることはきっとないでしょう。

事実、やはりその通りだった。

3

およそ半年の訓練期間を終えようとする頃、配属先が言い渡された。元秋男《ユン》は香港島の灣仔《ワンチャイ》署交通課勤務となった。

その日の昼、羅朝森《チウサム》が秋男の前に姿を見せた。やはり食堂だった。訓練生の皆が昼食を終え、ちょうど茶を啜っている頃だった。羅は秋男の対面に座るなり、「オレは尖沙咀《チムサアチョイ》になった」と告げた。

「そうですか。私は灣仔署に」

「ふうん、対岸になっちまったか」

「ええ、残念ですね」

「嘘つけ。思ってもいねえこと口にするんじゃねえよ」

羅は右肘《みぎひじ》をテーブルにつき、そこにあごを乗せていた。

「……何ですか?」

「お前、とうとう本性を現さなかったな」

「本性って、そんな――」

「オレはな、ずっとある予感がしてるんだ」

羅《ロー》が目を細め、じっと秋男《チャウナム》を射抜いていた。

「予感、ですか？」

「そうさ」

「刑事の勘ってやつですか」

「まだ刑事じゃねえよ。これから刑事になろうという男の勘だな」

羅の視線が秋男の顔を舐めるように這《は》っている。

「――聞きましょう」

「オレはよ、いつかお前と睨み合う日がくるような気がしてならねえんだ」

「睨み合う？」

「こうしてテーブルを挟んで飯を食っていたようにな。おまけに、奇《く》しくも配属先は維多利亞灣《ヴィクトリアハーバー》を挟んで対岸同士になった。何かの暗示としか思えねえよ」

「ちょっと意外ですね。あなたが暗示なんて口にするのは」

「ふん、最後まで丁寧口調かよ。この雲呑《ワンタン》野郎が」

「羅さんこそ、そうして私のことを雲呑と呼び続けた」

「お前が雲呑に似てると気付いた日から、オレは一度も雲呑麵を食ってねえよ」

「そんな、遠慮なく食べて下さい。肌の色はいかんともし難いですが、少しは体も逞《たくま》しくなったでしょう」

「相変わらずだな、その口ぶり。オレと距離が取れて、ほっとしてんだろ」

「そんなことはありません」

「ちっ、やっぱり壁は崩れねえか。大したもんだよ、お前」

羅が歯を見せてにっと笑った。

「それ、褒めてくれているのですか？」

「お前はタフな人間だ。それは認める」

秋男はしばらくの間、羅と視線を交わし続けた。互いに目を逸らすことなく、瞬《まばた》きもしなかった。

「じゃあ、行くぜ」

そう言って、羅がのっそりと席を立った。

合わせて秋男も立ち上がる。

「これからは会う機会もそうねえだろう。元気でな、雲呑」

羅が右手を差し出した。秋男も素直にそれに応じた。

テーブルを挟んできつく握手を交わす。羅の握力は相当なものだった。軽い痛みが秋男の右手を駆け抜ける。何かを伝えようとしているのか、そんな意思のようなものを感じさせもした。秋男《チャウナム》への叱咤《しった》か、あるいは警告か。とにかく、単に惜別の思いだけではない何かがそこには存在していた。

秋男は羅《ロー》を見つめた。彼の目はいつになく険しかった。もちろん、互いに涙などない。

「じゃあな」

羅が言った。秋男が言葉を返す前に彼の右手は離れ、制服のポケットの中に納まっていた。

もう会うことはないだろう。

秋男は思った。羅もそれを分かっている。

そう、もう会うことはない――。


そのはずだった。


ようやく夏の陰りが見え始めた十月半ばの夜だった。

秋男は九龍《ガウロン》半島の南端、尖沙咀《チムサアチョイ》にいた。土曜日のせいか街は人で溢れ、特に彌敦道《ネイザンロード》周辺は明らかに飽和状態にあった。歩道の人波は遅々として進まず、先を急ぐ者は車道を歩いている。信号無視に無茶な横断。その度にクラクションが派手に鳴り、波を割った。だが、それはほんの一瞬に過ぎず、次から次へと波は押し寄せる。

暑い。

夏の勢いが衰えたとはいえ、その茹《う》だるような湿気は人々とともに動き、また、交差点やビルの角など街のあちこちに滞留していた。

風がなかった。

秋男は額を拭いながら、上空を見上げた。ネオンサインの光がひどく眩《まぶ》しい。眩暈《めまい》を起こしそうなほどの色彩が降り注いでいた。

――明る過ぎる。

秋男は光を避け、群集をかき分けるようにして塵地道《モデイロード》へ入った。そのまま東の端へ進む。目的地が決まっている訳ではなかった。この界隈《かいわい》で幅を利かせ始めた阿湯《アトン》と呼ばれる売人を追ってのことだった。一週間ほど前に、秋男が使っている情報屋から仕入れたものである。

阿湯とは男の愛称で、本名は知らなかった。情報屋曰《いわ》く、「他にも愛称はあるみたいだ。何せ売人だからね。いくつも名前を持っている」。その中でも比較的よく使われているのが、阿湯という呼び名らしかった。

確かに、売人たちは多くの名前を使い分けていた。もちろん素性を隠すためであるが、阿湯の場合は、その縄張りの影響が強かったかもしれない。彼は数年前まで、あの悪名高き九龍城砦《ガウロンセンジャイ》を拠点にヘロインの売買を行っていた。

しかし、いよいよ解体が始まる。

翌一九九三年から、九龍城砦《ガウロンセンジャイ》の完全撤去作業が開始される。住人たちの強制移住は既に終わり、今はすべての出入り口が施錠され、もぬけの殻となっているはずだった。栄華を誇った無法地帯も夢の城と化してしまったのだ。

一九八七年の撤去通達から始まり、数年の時間をかけて徐々に住人たちは追い出されていった。

居場所を失った売人たちは街へ流れ出た。秋男《チャウナム》が追っている阿湯《アトン》という男も、そうして拠点を奪われてしまった一人だった。

麼地道《モディロード》の行き着く先は紅磡《ホンハム》の商工業地域だ。そして、そこから東北方向に進んで行くと、九龍城砦に出る。かつての栄華が名残り惜しいのか、他に行く場がなかったのか、阿湯はこの紅磡一帯で商売を始めた。

九龍城砦の中では売人が跋扈《ばっこ》していただけでなく、ヘロインの製造自体も盛んに行われていた。製造工場がいくつも存在していた。恐らく、阿湯はそのうちの一つと未《いま》だつながりを持っているに違いなかった。九龍城砦を去ったあとも売人は売人であるように、ヘロイン製造業者はヘロインしか作れない。そして、中毒者もやはり薬物を買い求めるのだ。

秋男は一人、夜の街を歩いた。

さすがに夜勤の日は無理であったが、日勤の日は欠かさず街に出ていた。警察学校卒業の際、配属を言い渡された灣仔《ワンチャイ》署。秋男は依然、その交通課に勤務していた。

駐車違反やスピード違反の取締りでは、肉体的に疲れようがなかった。一日二日の睡眠不足など、業務にさしたる支障はない。一時間も眠れば体力を取り戻すだけの若さもあった。

そうして阿湯を捜し始めて四日が経っていた。

阿湯の目撃談は少なく、また根城も不明だった。ヘロインの入手先も明確にはつかめていない。九龍城砦の中でも羽振りが良かったと聞いている。簡単に姿を見せぬ点も含め、なかなかやり手の売人だった。

秋男は長袖《ながそで》のシャツを脱ぎ、Tシャツ一枚になった。下にはカーキ色の綿のズボンをはいている。その尻ポケットには、顔を隠すための野球帽が差し込んであった。

秋男は変装用の伊達眼鏡をかけた。安物のガラスが入った黒縁の眼鏡だ。そのガラスが赤や緑に染まる。彌敦道《ネイザンロード》よりずっと少ないが、紅磡周辺にもネオンサインは連なっている。

その光が点滅しながら色を変えていた。

――何を照らそうというのだ？　この街には光を当てるべき物など何一つ存在しない。

喧騒《けんそう》から遠ざかると、臭《にお》いも変化する。

むっとする湿気は秋男を追いかけ、あるいは待ち伏せしているが、そこに人の汗の臭いはない。代わりに生活臭が滲《にじ》み始める。ゴミ、残飯、放置された電化製品から漏れる錆《さ》びたような液体、そして汚水。吐き気を堪《こら》えるのが難しいほどの悪臭だった。

秋男《チャウナム》は咳《せ》き込みながら、傍らに転がっていた空き缶を踏み潰した。

香港に住んでおよそ十三年。路地の奥深くまで染み渡ったこの悪臭には、決して慣れることがない。

――これがこの街の本当の姿だ。

いくらネオンの光で煌《きら》びやかに見せようが、いくら鮮やかな色で汚れを隠そうが、この街の本性は至るところに現れる。一本路地を曲がれば、すぐに分かる。

光も影も、どちらも嫌いだ。この街が嫌いだ。

だが、あと少し、あと少しの辛抱だ――そうすれば、この街から去る。

九龍城砦《ガウロンセンジャイ》を追われた住人たちのように、自分はここから去って行く。

しかも――自ら望んで。

秋男は胸の内で自分に言い聞かせながら、路地へ入った。名もないような細く、狭い道だった。

酔い潰れているのか、薬物中毒か、下着同然の格好をした一人の男が転がっていた。ランニングシャツにブリーフという姿だ。秋男は男に近寄り、その脇腹に爪先《つまさき》を食い込ませた。男は文字にできないような擬音を唸《うな》り、そのままうつ伏せに反転した。上着もズボンも盗まれたに違いなかった。

この辺りの所轄署は大変だな、そんなことを思いながら、秋男はまた別の路地に足を向けた。

こちらにも男が倒れていた。上半身は裸でひどく痩《や》せている。ご丁寧に傍には注射器が落ちていた。ヘロイン中毒者に間違いなかった。口からは泡を吹いている。秋男は男に一瞥をくれたあと、その体を跨《また》いで先へと進んだ。

路地は例外なく濡《ぬ》れている。足を踏み出す度にピチャピチャと音がする。

秋男は動きやすいようにスニーカーを履いていたが、水滴は跳ね続けていたらしく、いつの間にか、靴の生地に染み込み始めていた。靴下まで湿っていく不快感。これならば、まだ裸足《はだし》の方がましなくらいだった。

五本目の路地に入った時だ。

秋男のずっと先で、同じように路地を歩く足音が聞こえた。

耳を澄ました。確かに水を踏む音がする。アルコールも薬物も摂取していない普通の人間の足取りだ。

秋男はその場に屈《かが》み、じっと暗がりを見据えた。

大きな塊のような黒い影が見えた。

男だった。

背は秋男よりも高い。男は大股で一定のリズムを刻みながら、北へ向かっていた。

――阿湯《アトン》か？

目を凝らす。

男は秋男と同じようにTシャツ姿だった。下にはジーンズをはいている。

違う――。

秋男は実際に阿湯を目にしたことがなかったが、丸々と肥えているという噂だった。だが、男は岩を思わせるほど隆々としていた。肩の辺りなど、まるで砲丸を乗せているかのように逞しい。売人には似つかわしくない体つきだった。

秋男は男との距離を縮めた。

男は背後を警戒する素振りを見せず、次の路地へと消えた。

その瞬間、微かに「ちっ」という舌を打つ音が耳に届いた。

秋男の足がぴたりと止まった。

気のせいだろうか。しかし、まさか――。

秋男の耳の奥に刻まれた音とよく似ていた。

二年半ほど前、警察学校の食堂で聞かされ続けたあの舌打ち。

記憶が蘇《よみがえ》ってくる。そういえば、あのうしろ姿は――。

秋男は駆け出した。男が入った路地へ飛び込んだ。

「てめえ、誰だ？」

胸の前で両腕を組み、仁王立ちで待ち構える羅朝森《ローチウサム》がいた。

「――羅さん」

「うん？」

「私です。元《ユン》秋男」

「何だ、随分と久しぶりじゃねえかよ」と、羅がにっと黄色い歯を零した。「この雲呑野郎」

「相変わらずですね」と、秋男も笑顔で応える。

「ほう、多少は笑うようになったのか」

「昔から笑っていたでしょう、普通に」

「ふん、体も分厚くなったようだな」

羅は秋男の全身を舐め回すように目をぎょろぎょろとさせた。頭部から足元へ。そしてまた、足元から頭部へ。

「お前、目が悪くなったのかよ」

「違います。これはまあ、変装用といったところでしょうか」

「変装？」

「いえ、ちょっと」

「お前、灣仔署《ワンチャイ》だろうが。ここは所轄外だぜ」

「知っています」秋男《チャウナム》は伊達眼鏡をポケットにしまった。「羅《ロー》さんも所轄外じゃないんですか？　この辺りは確か紅磡《ホンハム》署のはずですよ。今はそちらに配属ですか？」

「いいや、オレもまだ尖沙咀《チムサアチョイ》にいるよ」

羅は訝《いぶか》しげに眉《まゆ》をひそめたあと、組んでいた腕を解いた。そして、ポケットからタバコを取り出し、火を点けた。

「なるほどな。お互いに私用ってところか」

「そのようですね」

「お前、変わった野郎だったが、やっぱり警官だな」

「はい？」

「悪党退治さ」

秋男は、しばらくの間、その場で羅と視線を絡ませ合った。どこをどう渡って来たのか、路地の間を風が吹き抜けて行った。湿気と異臭を乗せて。

秋男は何も答えなかった。こうして街に出ているのは悪党を退治するためではない。警察学校時代からずっと描き続けている計画のためなのだ。異臭に耐えるのも、スニーカーを濡らすのも、すべてそのためだ。

「誰を追っている？」と、羅が重々しく切り出した。

「別に。ふらふらと散歩していただけですよ」

「こんな薄汚いところを？　おまけに変装までして？」

「――はい」

羅が大きく煙を吐き出した。

「ちっ。お前、やっぱり変わってねえな」

「人はそう簡単には変わりませんよ」

「そのようだな。お前から声をかけてくるなんざ、少しは社交的になったのかと思ったら、根は何も変わっちゃいねえ。あの頃のままだ」

秋男は頷き返した。社交性の一つや二つ、警察組織で上手くやっていくためには身につけもする。秋男の目的が果たされる日までは――。

「時は繰り返すってか」

羅が上空を見上げ、ぽつりと言った。

「はい？」

「昔、オレが言ったこと覚えているか？」

「どれをです？　あなたはいつもよく喋った」

「ふん。卒業間近だったな、あれは。オレとお前は、いつかまた睨み合うような予感がするってな」

「ああ、覚えていますよ。食堂でしたね」

「予感が当たった」

羅《ロー》が地面にタバコを投げ捨てた。その火が互いの足元だけを照らす。しかし、濡れたアスファルトがすぐにその明かりを消し去った。

「こうしてまた会うとは私も思ってもいませんでした」

「そうだな」

「だから、時は繰り返す、ですか」

「まあな」羅はそこで視線を下ろした。「オレとお前の間には食堂のテーブルがあった。今はどうだ」

秋男《チャウナム》も地面へ視線を振った。先程、羅が捨てたタバコの火に、一瞬だけ注射器が照らし出されたのを秋男は見ていた。

「タバコの吸殻と注射器、ですね」

「お前、阿湯《アトン》を追ってるのか？　だったら手を出すな。あいつはオレの獲物だ」

そう言って、羅は秋男の胸に軽く拳《こぶし》を当てた。

「それじゃあな、雲呑よ」

あの食堂の時と同じように、秋男は去って行く羅の背中を見送った。

しかし、あの時よりも彼の背中は少し強張《こわば》り、体温もいくぶん下がっているように感じられるのだった。

## 4

それから二日後、元《ユン》秋男はようやく阿湯の尻尾《しっぽ》を握る機会を得た。阿湯に接触したばかりという一人の若者と遭遇したのだ。やはり靡地道《モディロード》の東端、紅磡《ホンハム》の入り組んだ細い路地でのことだった。

二日前と同じく、風がなく蒸し暑い夜だった。Tシャツ一枚でも十分だった。もっとも、この狭苦しい路地には季節などない。冬へ移って行こうが、きっとこのまま何も変わらない。中毒者は濡れたアスファルトに転がり、異臭の中で眠り続ける。

秋男は今日も既に、そんな男たちを数人目にしていた。そして、彼らを跨いで飛び越えた。不思議なほどに何の感情も湧《わ》いてこない。意識のある者はいないか？　ただそう考えただけだった。

ルートは決まっていない。足の赴くままに歩く。

しかし、ふと気付くと、二日前の夜、羅朝森《チウサム》と出会った路地に立っていた。視線を下ろすと、あの時の注射器がまだ落ちていた。

羅は——いない。

その代わりに、一人の男がガタガタと膝《ひざ》を抱えて座り込んでいた。珍しくきちんとジャケットを羽織っている。秋男《チャウナム》は男に近寄り、声をかけた。

「どうかしましたか？」

男は俯《うつむ》いたまま、まるで冷蔵庫の中にいるかのように震え続けていた。長めの髪が小刻みに揺れている。

——禁断症状か。

秋男は男の髪をつかみ、強引に顔を上げさせた。若い。秋男と同じく二十代前半に見えた。目は空《うつ》ろで、焦点がまるで合っていなかった。

「大丈夫ですか？」

男が微かに頷いた。

「少し話せますか？」

「……あ……ああ……」

口の端から一筋の涎《よだれ》が垂れている。

秋男はポケットから小さなビニール袋を取り出した。途端に、男の濁った目が赤く光り出した。

「これが欲しいんでしょう？」

袋の中には一〇グラムほどのヘロインが入っている。

「くれ！　それをくれ！」

男は白い粉へと震える手を伸ばす。

「私の質問に答えてくれたらあげますよ」

「本当か？　それなら何でも答える！」

粉を目にしてから、不思議なほどに男は流暢《りゅうちょう》になっていた。発音もしっかりし始めている。

「阿湯《アトン》という売人を知っていますか？」と、秋男は訊いた。

「知ってる。おれはいつもあいつから買ってる」

「ほう、そうですか」

「今も阿湯と会っていたところだ」

「何だって？」

「おれは今、金がなくてね。常連だから貸しにしておいてくれと頼んだら、あいつ、あっさり断りやがった」

「どこで会った？」

逸《はや》る気持ちが秋男の口調を変えていた。秋男は苦笑を零す。これでは、ヘロインを前にした男と同じだ。

「どこって、ここさ」

「どれくらい前のことだ？」

「さあ、十分ほど前かな」

中毒者の時間の感覚など当てにならない。だが、男は腕時計をしていた。午後十時四十五分。秋男は男の腕時計《チャウナム》を外し、目の前にかざして見せた。

「よく見ろ。今、十時四十五分だ」

「半くらいに会ったはずだ。まだこの近くにいるんじゃないか」

秋男は周囲を見渡した。ようやく阿湯《アトン》の影を踏むことができる――しかし、路地には誰もいない。使い古した掃除機らしき物が転がっているだけだった。

「どうやって阿湯と連絡を取るんだ？」

「――像だよ」と、男が言った。

「像？」

男はひどく辛そうに右手を持ち上げ、路地の真ん中辺りを指差した。

「路地のどこかに小さな像が置いてあるはずだ。動物の像だよ」

秋男は男の示した辺りへ注意深く歩いた。薄暗く、視界は狭い。秋男はライターに火を点《とも》した。

像は――ちょうど掃除機の向こう側に隠れていた。

ネズミの像だった。手のひらに乗るほど小さい。軽く指で弾《はじ》くと、キンと甲高い音がした。陶の焼き物らしかった。

「これか？」

秋男はもとの位置に戻り、男に像を見せた。

「ああ……えっと、これはネズミだな」男が目を瞬かせる。「この周辺の路地には、そういった像がどこかに置いてあるんだよ。あっちの路地は龍、そっちは虎《とら》、みたいにね。別にどこがどの動物って決まっている訳じゃない。とにかく、像が一つある」

「それで？」

「簡単なことだ。その像が向いている方向に進んで行けばいい。東を向いていれば、一本東の路地へ行け、北を向いていれば、このまま北へ進めってね」

「そのどこかに阿湯がいるってことか」

「そうだよ。案内に従って歩く。すぐに会えることもあれば、いくつも像を回らなきゃならない時もある」

「このネズミは南を向いていた」

「そうかい？　おれはここで阿湯と会った。そのあと、あいつがここにネズミを置いて行ったんだな」

秋男は改めて小さなネズミを見た。白い体に青い線で目や鼻や手足が描かれている。大量生産の土産品だろう。高級そうには見えなかった。

「つまり、ここから南へ行けってことだよ」

なるほど、上手く考えたものだ。秋男は手のひらの上でネズミを転がした。闇《やみ》のように暗い路地。よほど注意を払って歩かなければ、こんな小さな目印には気が付かない。そもそも、こんな路地に目印があるとさえ思わなかった。きっと、以前拠点にしていた九龍城砦《ガウロンセンジャイ》で使用していた方法なのだろう。住人さえ通路を完全に把握していなかった魔の迷宮。こうして像を置くことで、魔窟《まくつ》の道案内をしていたのだ。

像の道標《みちしるべ》――南か。

秋男はネズミと小袋を男に渡してやった。男は大事そうに両方を受け取り、両手で握り締めた。

――阿湯《アトン》までもうすぐだ。

秋男は南へと足早に歩を進めた。ライターの火を頼りに、どんどん速度を上げる。

阿湯の影はなかった。中毒者も倒れていない。

像はどこだ?

――あった。

今度は地面ではなく、路地に面した倉庫らしき建物の小窓の桟にちょこんと乗っていた。

ウサギだった。

西を向いている。つまり、一本西へ進めということだ。

秋男は駆け出した。

次の像は——北を向いたヘビだった。

あの男が言ったように、像の順番は無秩序らしい。十二支の順に置かれている訳ではなさそうだった。

秋男はヘビを置き去りにして北へ走った。額には汗の玉が浮いていた。それを拭う時間も惜しい。既にぐっしょりと濡れたスニーカーで地面を蹴《け》り上げた。

——いた。

路地の中ほどに丸々とした影が見えた。影はまさに今、像を置いたところだったのか、むっくりと起き上がってきたように映った。

秋男は足を止めず、速度を維持したまま阿湯に迫った。

水滴が派手に飛び散る。

気付かれても構わなかった。あの体型だ。逃げられることはない。

阿湯が振り返る。しかし、秋男はもう数メートルの眼前にまで達していた。

ここから跳躍すれば、阿湯に届く。

秋男は力強く右足で踏み切った。そのまま空中で、右足を前に移動させる。

秋男の右膝《みぎひざ》が阿湯の背中に綺麗にめり込んでいた。

「ごはっ！」

そんな音を吐き、阿湯は前のめりに地面を転がった。体型のせいか、面白いほどに回転した。

秋男《チャウナム》は阿湯《アトン》を立たせ、背後から腕を回して首を絞めた。

「阿湯だな？」

「……だ、だったら、どうなんだ」

思っていたよりも高い声だった。

「大人しくしていれば、悪いようにはしない」

「てめえ、何者だ？」阿湯が苦しそうに咳《せ》き込む。「ぐはっ……てめえ、どこの者だ」

「どこの者でもない」

「俺が誰だか分かってるんだろうな、え？」

「阿湯だろう？」

「ごほっ……うちの者が黙っちゃいねえぞ、こら！」

「そんな咳混《せきま》じりじゃあ、格好つかないな」

「うるせえ！　放しやがれ！」

阿湯は髪を短く刈り上げていた。首には金のネックレスを巻いている。秋男はそのネックレスに手をやり、ぐっと後方に引いた。

「うぐっ……」と、阿湯が呻《うめ》く。

「あんた、金はどこに隠している？」

「……言う訳ねえだろうが」

「どこだ？」秋男は腕に力を込める。

「うぅ……家だよ、家」

「家のどこにある？」

「き、金庫の中に……ぐぅ」

秋男は阿湯の耳の傍に顔を近づけた。

「いいか、よく聞け。選択肢をやる。どちらか好きな方を一つ選べ」

「選択肢だと……」

「そうだ。溜《た》め込んだ金を奪われるか、情報を渡すか、そのどちらかだ」

「じょ……情報？」

「近いうちにでかい取引があるだろう？　あんたじゃない。三合会《トライアド》絡みの大きなヤマだ。知っているか？」

「う、噂は流れている……ごほっ」

「よし、その噂を詳しく調べるんだ。一週間やろう。日時と場所、そしてどの組織かもな。あんたなら、それくらいすぐにつかめるだろう。そっちの世界では、それなりに名も通っているからな」

近いうちに大きな取引が行われる――それは灣仔《ワンチャイ》署内で密《ひそ》かに囁《ささや》かれていたことであっ

た。

阿湯《アトン》が扱うような粗悪品ではなく、ヘロインでもない。覚醒剤の売買だ。秋男《チャウナム》はそれを麻薬課の同僚から聞いた。もちろん、金を渡して。

灣仔《ワンチャイ》署は既に捜査に着手していた。しかし同僚はまだ若く、捜査班の一員ではなかったし、捜査内容も彼にまで下りてはこなかった。決定的になるまでは、一部の捜査員たちによる極秘捜査が行われているのだろう。同僚は「すまない」と頭をかきながら小銭を受け取った。しかし逆に、秋男の目は輝き出していた。

――これだ。

秋男はその場でぐっと拳を固めたものだった。

ようやく巡ってきた。ようやくチャンスが訪れた。これを逃す手はない。街の売人から小銭を漁《あさ》るのはもう飽きていた。それなりに蓄えはできたが、秋男にはまだまだ不十分だった。

もっと必要だ。もっと。売人を相手にしているようでは、この先何年かかるか分からない。やはり狙《ねら》うならば、組織絡みの大きな取引だ――そう思っていた矢先のことだった。

そして、秋男は独自に捜査に打って出た。情報屋を使って調べさせ、あるいは名のある売人と接触を持ち、情報を集めることにしたのだった。

「さあ、阿湯、どちらを選ぶ？」

「分かった……調べればいいんだろうが」

「よし」秋男は腕の力を少し緩めた。「一週間だ。一週間後の夜、またここで会おう」

「……ああ」

「逃げるなよ。そうすれば、どこまでも追ってやる。どこまでもな」

秋男は阿湯のポケットを探り、数千ＨＫドルと、小分けに袋詰めされたヘロインを押収した。

「お、おい！　何しやがる！」

「一週間後、そっくり返してやるよ。それまでは預かっておく」

そう言って、秋男は右手を思い切り引いた。ギンという音とともに、ネックレスが方々に弾《はじ》け飛んだ。

「ぐはっ！」

「阿湯、逃げればネックレスはもうかけられない。あんたの首を切り落とすからな。高級品だろうが、こんな紛《まが》い物だろうが、ネックレスはもう不要になる」

「わ、分かった……ぐぅ……」

阿湯は苦しそうに喘ぎながら、何度も首をさすっていた。

その時だった。

秋男は背後に足音を聞いた。少し遠くで水滴が重く跳ねていた。

「動くな！」

暗い路地の向こうから、獣のような声が流れてくる。

聞き覚えがあった――羅朝森《ローチウサム》だ。

秋男《チャウナム》は思わず、「ちっ」と舌を打っていた。

「阿湯《アトン》、あいつは警官だ」秋男は耳打ちする。

「な、何だと？」

「お前を逃がしてやる」

「え？」

「殴れ。早く殴れ！」秋男は歯を食い縛り、声を押さえ込んだ。「早くしろ！」

瞬間、視界が路地よりも暗い闇に包まれた。

唇が切れていた。血の味が口内に滲む。

「行け。約束を忘れるな」

秋男は地面に片膝を突きながら、立ち去る阿湯の足音を聞いた。

逃げ切れよ――胸の内で呟く。

「お前――」

鬼のような顔をした羅が秋男を見下ろしていた。

「また会いましたね、羅さん」

「この雲呑《ワンタン》野郎――」

羅にTシャツの首元を捻《ねじ》り上げられ、無理矢理立たせられた。今度は秋男が阿湯のように咳き込んだ。

「ごほっ……時は……繰り返しましたね」

「茶化してんじゃねえぞ！　言ったはずだ。阿湯はオレの獲物だってな！」

「はい」

「逃げた野郎は阿湯だろうが！」

「……すみません」

「ちっ！　勝手な真似するんじゃねえよ。おまけに簡単にのされやがって。だからお前は雲呑なんだ！」

秋男は流れた血を乱暴に拭い、にやっと笑って見せた。

「何だ？　気色の悪い顔しやがって」

「羅さん――お願いがあります」

「はあ？」

「阿湯を取り逃がしたお詫《わ》びじゃありませんが、一つ情報をつかみましてね」

「阿湯からか？」

「いいえ、私の情報屋からです」と、秋男は嘘をつく。

「言ってみろ」

「近々、大きな取引があるようです。阿湯《アトン》のような売人などとは規模が違います」

「だから？」

「だから——二人で潰すのですよ」

「何だと⁉」

羅《ロー》の双眸《そうぼう》がぎらぎらと熱を発していた。怒りか興奮か。とにかく彼の全身が沸騰していた。

「羅さん、ちょっと手を放してもらえませんか」

「ちっ」

舌打ちとともに、羅の腕からふっと力が抜けた。

秋男《チャウナム》は軽く咳払いをし、そして言った。

「力を貸して下さい。現場に乗り込んで取引を中止させるのです。悪党を捕まえるのです。あなたと私——二人だけで」

# 5

一瞬、左に揺れる光が見えた。

「追いつきそうです」

元《ユン》秋男はハンドルを握り締めた。

「ああ、気を付けろよ。いよいよだぜ」

羅朝森《チウサム》は助手席で体勢を整え、尻を座席深くに滑らせた。ぴんと背中が伸びている。

秋男は黒縁の眼鏡をぐいと押し上げ、前方の光を見据えた。先程、脇道から飛び出してきたワンボックスのライトだろう。恐らくはその先に、ずっと尾行を続けていたベンツが走っている。秋男らの車に気付いている気配はなさそうだった。光は一定の速度で山頂道《ピークロード》を上って行く。

「あのワンボックスが護衛か」と、羅が目を細めた。「他にも潜んでいるかもしれねえぜ」

秋男はルームミラーの位置を調整し、背後を覗き見た。

「尾《つ》いてくる車はありません」

「上に待たせているのかもな」

汗は引いていた。だが、皮膚が強張っている。言葉を発するとそれが分かる。頬や口の筋肉が声に遅れて動き出す。

「もう一度、計画をさらっておきましょう」

「いいだろう」と、羅《ロー》が目で応えた。

「こちらには二人しかいません。ですから、狙うのは三合会《トライアド》の連中のみです。まずは奴らに取引をさせる。金は相手に渡り、覚醒剤は三合会の車に運ばれる。我々は周辺に隠れつつ、それを見届けます」

「どの車にブツが運ばれるか、ちゃんとな」

「はい」

「そして、引き返す車を追う」と、羅が継いだ。「護衛の車がどれだけいるか知らねえが、そのすべてが引き払った時、あるいは最小限になった時、ブツを積んだ車を止める。職質だろうが、スピード違反だろうが、名目は何でもいい。覚醒剤を発見して現行犯逮捕だ。三合会の連中は金を支払った上に、ブツも取り上げられる。踏んだり蹴ったりって訳だな」

「ええ。連中にしてみれば、大きな痛手です」

「しばらくの間は取引も下火になるだろうさ」

羅も連中のことはよく理解していた。香港には無数の組織がある。警察もその実数を把握し切れていないだろう。一つの組織が失敗しても、また別の組織が密輸を企て、取引を行う。連中が大人しくなるのは、ほんの数週間程度に過ぎないのだ。

「悪党退治、ですか」と、秋男《チャウナム》は言った。

「うん？」

「我々が行おうとしていることですよ」

「ああ、そうだな」羅がにやりと歯をむく。「できれば、この山頂道《ピークロード》で退治したいもんだ」

「ええ。街中では人目が多過ぎますし、側道も多い。山頂道なら一本です」

「その通りだ。見失うことはねえだろう」

秋男は一つ頷いた。

――大丈夫だ。計画通りにきている。

光は更に頂へと進む。もうすぐトラムの山頂駅《ピーク》に出る。その象徴ともいうべきピークタワーの姿がぼんやりと見えていた。

「駅で取引を？」と、秋男は言った。

「かもしれんな」

山頂駅周辺はちょっとした広場になっている。展望台であり、ショッピングセンターでもあるピークタワーが完成したのは確か一九七二年のことだ。もう二十年も前になる。

観光客はここまで上り、百万ドルの夜景を眺める。歓声を上げながら、カメラを構えながら。

綺麗だなどと、秋男《チャウナム》は一度も思ったことがない。光の下を縦横無尽に走る濡れた路地。そして、そこに下着同然の格好で眠る中毒者たち。それらがまざまざと目に浮かぶ。光を当てたところで、覆い隠すことなどできやしない――。

先を行く二つの光が速度を落とした。

止まった――午前一時。

広場に人影はない。街灯がぽつりぽつりと点灯しているが、全体を照らすほどの光量はなかった。

「なるほどな。ここなら逃げ道が多い。四方向へ逃げられる。奴らも考えやがるな」

羅《ロー》の言う通りだった。この山頂《ピーク》駅付近は四つの道が交わっている。山頂道《ピークロード》、夏力道《ハーレックロード》、柯士甸山道《マウントオースティンロード》、盧吉道《ルガードロード》。このうち、盧吉道が最も細い。

秋男は山頂道に車を止め、広場の様子を窺うことにした。

羅が助手席から降り、大きく伸びをした。手には双眼鏡とトランシーバーを握っている。

「見えますか？」

秋男は運転席の中から訊ねた。

「いや、暗くてよく分からねえな」

羅が双眼鏡を覗きながら言った。

「もう少し近づきますか」

「危ねえよ。これ以上は危険だ。歩いて上がってみる」

そう答えて、羅は斜面の茂みの中へ入って行った。

秋男はエンジンを切った。後方から一台のセダンがやって来る。秋男はシートを倒し、寝転んで身を隠した。ＢＭＷだった。スピードを殺さず、山頂道を駆けて行く。連中の応援ではなさそうだった。

再びシートを起こし、タバコに火を点けた。

――いよいよだ。

秋男は唇を舌で湿らせる。

ダッシュボードの上に置いたトランシーバーが雑音を発した。

「――聞こえるか？」と、羅。

「ええ」

「連中はタワーの前に陣取っているようだ」

「二台とも？」

「ああ、ベンツとワンボックス。他にはないな」

「相手はまだ到着していないんですね？」

「そうらしい。連中の応援部隊も見当たらねえな。どこかに隠れているはずだがな」

大きな取引だ。護衛が一台ということはないだろう。取引相手の車を探っているのか、あるいは非常時に備えて、四つの通りにそれぞれ配備させているのかもしれなかった。

秋男《チヤウナム》は目を閉じ、逃走ルートを頭に思い描いた。

羅《ロー》には話していない、計画のもう一つの結末だった。

秋男はもうすぐ車を発進させる。覚醒剤が届く前に。羅を茂みの中に置き去りにしたままで。

そして、ベンツの前でパッシングして合図を送ってやる。ブツが届いたと。

そう、秋男が取引相手になりすますのだ。

そのため、トランクにはジュラルミンのケースを既に用意していた。中には、これまで街の売人から押収してきたヘロインやコカインが少しと、大量の砂糖が詰められている。

見破られるかどうか——しかし、連中がそれほどの目と舌を持っているとは、秋男には思えなかった。

それに、万が一気付かれてしまっても——。

羅に話していないことがもう一つあった。

拳銃《けんじゅう》だ。

秋男は密造拳銃を二丁、手に入れていた。それらも同じくトランクに隠してあった。

三合会《トライアド》の連中が秋男の正体を察知すれば、躊躇《ちゅうちょ》なく引鉄《ひきがね》を引く。その覚悟はある。

同様に、白い粉の正体がばれた時も——。

そうして大金と交換し、最悪の場合は銃で奪い取り、山を下って行く。運転には自信がある。四つの道、どこを選択しようが絶対に逃げ切れる。山頂《ピーク》のすべての道はきっちりと頭に刻んだ。カーブの順番も、その角度もすべて。秋男は更にもう一度、これからの計画をまぶたの裏で繰り返した。

大丈夫だ——失敗はない。

トランシーバーが鳴った。

「まだだな」と、羅が言った。

そう、覚醒剤はまだやって来ない。恐らくは、南側のどこかの山道の途中だろう。秋男が遅らせたのだ。売人の阿湯《アトン》を使い、「少し遅れて来い」と伝えさせた。「三合会の連中が罠《わな》を張っていないか確認してやる」と言って。

——よし。

秋男はかっと目を見開いた。

タバコを消し、ジーンズのポケットに吸殻を押し込んだ。

エンジンを始動させる。その音は羅にも直接聞こえているはずだった。

「お、おい！」

やはり、すぐにトランシーバーから羅の押し殺した怒鳴り声が届いた。

「羅さん」と、秋男は言った。「聞こえますか？」

「お前、何を考えていやがる！　エンジンを切れ！」

「羅《ロー》さん、ここでお別れです」

「何だと⁉　どういうつもりだ！」

「どういうって、奪うんです。連中の金を」

「はあ？　てめえ、最初からそのつもりで――」

「はい」

最初――羅にとっては、この計画を立てた時のことを意味している。しかし、秋男《チヤウナム》にとっては、警察学校に入学した時点を指していた。大金を作ってこの街を去る。あの食堂にいた時から、ずっと考えていたことだったのだ。

「申し訳ありませんが、一人で山頂《ピーク》を下りて下さい」

「オレをはめるつもりだったのか！」

「そういう訳ではありません。事が上手く運ばなかった場合、あなたに助けてもらおうと思っていました。腕っ節が必要になった場合には」

「この野郎！　オレを利用しやがったな！」

音が割れて、あまりよく聞こえなかった。

今度こそ、二度と羅と会うことはないだろう。

秋男は明日、いや、今日、この地から去る。

心残りは何もない。

ああ、九龍城砦《ガウロンセンジャイ》の解体は見たかった。魔窟の崩壊は目にしておきたかったな――。

「もう一度、一緒に雲呑麵《ワンタンミン》を食べたかったものですね。あの食堂の時のように」

アクセルを踏み込んだ。

「さよなら――羅さん」

＊＊＊

秋男は病院の一室にいた。

じっとベッドを見下ろしている。そうしてもう十五分が過ぎていた。

錆が出始めたベッドには一人の男が眠っていた。目を閉じているが、息はしている。いや、させられているといった方が正しいか。

男の鼻からチューブが伸びており、左の腕には針が刺さっていた。チューブも針も辿《たど》って行くと、大仰な器具と接続されていて、横たわった簡素なベッドと妙にアンバランスな光景を作り出していた。

男はぴくりとも動かず、掛けられた布団からしわだらけの顔を覗かせていた。皮膚は黒ずみ、恐ろしく痩せこけている。骨の上にあるのは肉ではなく、薄い皮膚だけだった。

「──おじさん」

秋男《チャウナム》はぽつりと言った。

日本語だった。

聞こえていないことは分かっていた。それでも秋男は母国語で告げた。

「おじさん、本当に世話になった。感謝しているよ。右も左も何も分からなかったのに、辛抱強くよく世話をしてくれた」

秋男はぐっと拳を握り締めた。その手からは、大きなボストンバッグがぶら下がっている。

「あとのことは心配ない。病院にもちゃんと頼んでおいた」

秋男は続ける。

「おじさん。おれは今から行く。元秋男《ユン》は今日で消える。これから日本へ発《た》つ。そう──おれの故郷だよ」

おじは動かない。

「船で渡ろうと思っている。十三年前と同じようにね。おれがここにやって来た時のようにね。その手配ももう終えてある」

やはり、おじは黙ったまま眠っている。一定のリズムで管から酸素が送られ、点滴の滴が器具の中で落ち続けていた。

「日本へ行って親父を見つけるよ。どこにいるのか分からない。でも、必ず捜し出す。どれだけ時間がかかっても、必ず。それだけの蓄えも十分できた。そして、捜し出した時には——」

その先は口にしなかった。代わりに、秋男は尻のポケットに手をやった。

そこには拳銃が差し込まれている。

「もし、親父を見つけたら——おれはどうするか自分でも分からない」

再び病室に静寂が下りた。痛いほどの静けさだった。

「おじさん、おれには一つ分かったことがある。いや、前からそう思っていたけれど、この十三年間で確信したことが一つある。人間はそれほど簡単には変わらない。でも、人生はいとも簡単に変わる。変わってしまう。おれがここに連れて来られたように、おれがここを去って行くように」

秋男はそっとおじの頬に触れた。固く、そして枯れている。温かいが、まるで血を感じなかった。

「じゃあな、おじさん。もう行くよ」

答えたのは管を流れる酸素の音だけだった。

「おじさん。実は今日、もう既に――」と、秋男《チャウナム》は言った。「友人になれたかもしれない一人の同僚と、お別れしてきたところなんだ」

元秋男《ユン》は穏やかな笑みを零し、病室を去って行った。

# 現在

## 8　星期三《シンケイサン》（水曜日）午前六時

「どうだい、様子は？」

「どうって見ての通りだ」

「だから、それを君の口から聞きたいんだ」

大仙《タイシン》病院の個室で、陳小生《チヤンシウサン》は周賢希《チヤウインヘイ》医師と並んで立ち、ともに視線を落としていた。その先には一台のベッドがあり、真っ白な布団の中から、羅朝森《ローチウサム》刑事がごつごつとした顔を覗《のぞ》かせていた。

「できうる処置は施した」と、周医師が言った。

「それはつまり、彼は助かったということかな」

「まあ、大丈夫だろう」

「それでは困る。僕は言った。必ず助けろと」

陳《チャン》は目だけを横に流し、周《チャウ》医師をじっと睨《にら》みつけた。

「ふん。残念ながら、医学に一〇〇%はないな」

周医師はびっしりと生えた顎髭《あごひげ》をさすり、にやりと笑う。

「いいだろう。少なくとも、彼を寝かせたまま、僕と君がこうしてお喋《しゃべ》りするくらいには安心だ、そういうことだね？」

「そういうことだよ」と、周医師が髭の中から歯を見せた。「弾丸は貫通していた。止血をし、消毒もし、傷口も縫合した。今できるのはこれくらいのものだ。何本か肋骨《ろっこつ》にひびが入っているようだが、一ヶ月もすればもとに戻るだろう」

羅《ロー》刑事は驚くほど無防備な寝顔を見せていた。睡眠薬が効いているのだろう。彼は大きく口を開け、鼾《いびき》をかいていた。布団から足先がはみ出している。窮屈そうにベッドに収まっている巨体は、どこかしら動物のような可愛《かわい》さがあった。

「ちょっと思っていたんだが」と、周医師が言った。「この男、おれは見覚えがあるような気がする」

「ああ、羅刑事かい？　そういえば昔、君とここの病室で一悶着《ひともんちゃく》あったんじゃないかな」

「ふうん。そんなこともあったか」

周医師は腕を組み、しげしげと羅の顔を眺めた。陳はその様子を楽しそうに見つめていた。

「何だ？」と、周医師が眉根《まゆね》を寄せる。

「やっぱり、君は医者なんだな」

「ふん。今、気付いたのか。おれはいつだって医者だよ」

「頼もしいね」

「陳小生《シウサン》に褒められるとは光栄だ。借金が帳消しになると思えば、立派な医者の顔の一つも見せるさ。あんた、今更その話はなしだなんて言わないだろうな」

「言わないよ。僕は口にしたことは絶対に守る」

「よし。それでこそ陳小生ってもんだ」

周医師は嬉《うれ》しそうに髭に覆われた頰《ほお》を揺らした。

「では、医師としての君に訊《き》こう」

「はあ？」

「今、この男は薬で眠っているが、効き目が切れたら必ず病室を抜け出そうとする。それこそ、また一悶着が起こるだろう」

「……何が言いたい？」

「そうなった場合、君はどう判断する？」

「黙ってそのまま行かせろ、そう言いたいのか？」

「僕は何も言っちゃいないよ」

「認める訳にはいかないね。いいか、陳《チャン》。たとえ命に別状はないとしても、この男は脇腹を撃ち抜かれているんだ。動けば傷が開く」

「それでも彼が抜け出そうとしたら？」

「睡眠薬を大量に打ってやるさ。動けないくらいにね。少なくとも一週間の安静は絶対だ。そうでなければ、おれは完全な回復を約束しない」

周《チャウ》医師の尖《とが》った目が陳を射抜いていた。その表情はまさしく医師のそれだった。

「分かった。君の判断に従うよ」

「当たり前だ」

陳はそこでベッドを見下ろし、「そういうことだそうだ」と白い歯を零《こぼ》した。

「羅《ロー》刑事、起きたんだろう？」

羅が眩《まぶ》しそうにまぶたを開き、「ちっ」と舌を打った。

「ばれてたのかよ。何か裏話でも聞けるかと思ったのによ」

あまり覇気のない声だった。まだ薬が残っているに違いない。羅はひどく眠そうだった。

「そのままここで休んでいることだね」と、陳は言った。

「馬鹿野郎。ふざけたことぬかすな」

「僕に任せればいい。僕が君の代わりに動く」

「てめえだけに任せておけねえよ。時間がねえんだ。二人で動いた方が断然早い」

羅が懸命に声を絞り出していた。起き上がろうとするが、まだ思うように動けないようだった。

「早速、薬の出番だね」と、陳は周医師を見つめた。「いいかい、羅刑事。これから、この髭のドクターが君を薬漬けにしてくれるよ」

「薬漬けだと？　舐《な》めてるのか、この野郎！」

羅のかすれた怒号に対し、陳は満面の微笑を返した。いかにも愉快そうに肩を揺らし、「あとは頼んだよ」と、病室をあとにした。大仙《タイシン》病院のロビーを抜けるまで、陳はその笑みを噛《か》み殺し続けた。

病院を出ると、見計らっていたかのように携帯電話が鳴り出した。

「やあ、黄《ウオン》か」

露店商の黄詠東《ウエンドン》だった。彼の声を聞くのは二日振りになるだろうか。

「陳さん、今、構いませんか」

「もちろん。こんな早くから店の準備を始めているのか」

「違いますよ。片付けを終えて、それからご飯を食べに行って、さっき自宅に戻って来たところです」

黄は女人街《レディースマーケット》に一軒と、男人街《ナムヤンガイ》に一軒、露店を構えていた。露店商の連中が店を閉めるのは、いつも深夜を回ってからである。そのあと、売上の勘定をし、翌日のために掃除や諸々《もろもろ》の整理を行う。特に黄《ウォン》は念入りに清掃を心がける男だった。二十代前半という年齢で二軒の店を持つことができたのは、その辺りにも要因があるのかもしれなかった。

「それで、電話の件ですけれど――」

羅《ロー》刑事を大仙《タイシン》病院に運び、周《チャウ》医師が手術を行っている間に、陳《チャン》は何件かの電話をかけていた。そのうちの一人が黄だった。

「それとなく訊いて回ったんですが、ちょっと妙なんですよね」

「妙？」

「確かに街はざわついているんです。でも、どことなく雰囲気が違うというか。何かが起こりそうなんですが、その割りには大人しい感じがするんですよ。僕の言ってること、伝わりますか？」

「うん、分かるよ」

不思議なことだが、街は嗅覚《きゆうかく》を持っている。何か異変を感じ取れば、街は徐々に沸騰し始める。その理由には言及できないだろうし、また、論理的な根拠も存在しない。しかし、街は確かに動き出す。天災の前兆を感じる動物のように、街はその揺れを様々な形で噴出するものなのだ。特に、旺角《モンコック》のような密集地帯では如実だ。

「大きな取引がある――確かに、そんな噂《うわさ》は囁《ささや》かれているようです。でも、ほんの小波《さざなみ》なんですよね。ごく局所的というか。こんなの初めてかもしれません」

街のほんの数箇所では、何かしらの波紋が起きている。だが、それは決して他の波紋とぶつからない。接触する前に消えてしまうほど弱々しいようだ。本来なら、あちこちででき た波紋が衝突し合い、唸《うな》り合い、大きな渦となるはずだが、今現在その様子は感じられない、黄はそう言っているのだった。

「……すみません、陳さん」と、黄が声を細めた。「また、今日も当たってみます」

「いや、お前を責めているんじゃないよ。僕は露店商としてのお前の嗅覚を信用している。街がざわめいていないのなら、取引の話はガセの可能性もあるかもしれない」

「ガセじゃまずいんですよね？」

「まずくはない。だが、お前と同じように、信用に値する人間からの情報なんだよ」

陳の脳裏に、羅刑事の必死の形相が浮かんでいた。大仙病院へ向かうボルボの中で、彼はぎりぎりと歯を軋《きし》らせ、同じことを何度も繰り返した。

「奴を止めなきゃならねえ。あの雲呑《ワンタン》野郎が戻って来たのなら、絶対に何かが起こる。近々、でかい麻薬取引があるに違いねえ。奴はそれを狙《ねら》っている。そのために香港に帰って来やがったんだ」

彼は鬼気迫る匂《にお》いを発し、後部座席で自らの推測を重ねた。

羅刑事は大きな麻薬取引があると言う。

露店商の黄は、気配はあるが、街はそれほど膨張していないと言う。

刑事の勘と露店商の嗅覚——どちらをより信用するべきか。

携帯電話を片手に、陳《チャン》は駐車場までやって来ていた。

夜が明け始めている。ボルボに反射した太陽が陳の目を刺した。その時、雨が上がっていることにようやく気付いた。ボルボのボンネットに残った水滴が、ネオンサインのように朱《あか》く輝いていた。

「黄《ウォン》、また何か情報が入ったら、すぐに連絡をくれ」

そう言って、陳は電話を切った。

腕時計を見ると、午前六時を回っていた。さすがに空腹感を覚えた。昨晩からまだ何も食べていなかった。胃に入れたのは、羅《ロー》を拾う際に購入した酒だけだった。

陳はボルボの運転席に座り、エンジンを始動させた。タバコに火を点《つ》け、ゆっくりと深く煙を吸い込んだ。眠気はない。まだ興奮状態にあるのだろう。寒さも感じなかった。

しかし、これから自宅へ戻ることを考えると溜息《ためいき》が出そうだった。どこかで飲茶《ヤムチャ》をしようか、そう思いながらアクセルを踏むと、また携帯電話の着信音が車内に鳴り響いた。昨日から何本もの電話と格闘した効果がようやく現れたらしかった。

見ると、画面には何の数字も表示されていなかった。

「もしもし？　陳小生《シウサン》だ」

スピーカーの状態にして、陳は名乗った。

相手は黙ったままだった。

「何も答えないようだったら、もう切るよ」

「……あんた、本当に陳小生か？」

警戒の色が濃く滲《にじ》み出た男の声だった。

「間違いないよ。僕がそうだ」

「あんた……俺を捜しているようだな」

その言葉で、陳はぴんときた。

「そうか。君が羅刑事の情報屋だね？　随分とあちこち電話をして回ったんだ。どこから伝わったのか分からないけれど、君の耳に届いて良かった」

「……どうして、俺を捜す？」

「君に訊きたいことが一つある。そして、君に伝えたいことが一つ増えた」

「……どういう、意味だ？」

男は単語を区切るようにして話した。喉《のど》をやられているのか、乾いた印象を与える声である。

「心配する必要はない。君を面倒に巻き込むつもりはないよ。この電話の件も、羅刑事には伏せておくつもりだ」

「あんた、羅刑事とどういう関係だ？」

「そうだね、少なくとも僕は友人だと思っている。向こうは知らないけれど」

「友人？　刑事が友人など持つはずがない」

「だから、僕の方からの片想《かたおも》いなのさ」

電話口から、何かを吐き出す音が届いた。タバコにむせでもしたのか、笑ったのか。

「陳小生《チャンシウサン》……あんたの噂は聞いている」

「それは光栄だね。どんな噂かな」

男はまたそこでふと黙り込んだ。まだ疑心が拭《ぬぐ》えないのだろう。そう簡単に警戒を解くようであれば、情報屋など務まらない。男は何かしら感じ取ったものを吟味し、何かしらの天秤《てんびん》にかけているに違いなかった。

陳はそこで先手を打った。

「先に、君に伝えておきたいことから話そうか」

「……聞こう」

「羅《ロー》刑事が撃たれた」

はっと息を飲むような気配が伝わってくる。

「けれど、心配はいらない。僕がある病院に移した。命に関《かか》わるような状態じゃないよ」

「……誰にやられた？」

「君も名前と顔くらいは知っているんじゃないかな？　羅刑事から写真を渡されたはずだ

よ」

　ぐっと詰まったような凝縮した間があった。

「……元秋男《ユンチャヤウナム》か」

　男はかすれた声で呟《つぶや》いた。

「うん、そういう名前らしいね。もう分かったろう？　僕が君に訊きたかったのは、まさに元秋男についてだ。彼について、君は色々と調べていたんだろう？」

「羅刑事に訊《たず》ねればいい」

「それが無理なことは君も分かっているはずだ。彼は今、病院で眠っているし、何より彼の性格上、他人に情報を渡したがらない。どれだけ危急な場合でもね」

　また沈黙が返ってきた。男の天秤は時間がかかるらしかった。慎重なのか、決断力が鈍いのか。陳は軽く口元を歪《ゆが》めつつ、彌敦道《ネイザンロード》へとボルボを向けた。

　ぽとりとタバコの灰がジーンズに落ちた。空いた左手で膝《ひざ》を払う。

と、陳は思わず笑い声を上げた。習慣というのは恐ろしい。羅にやったはずの青いダウンジャケットを着用していたのだった。病室を出る際、無意識のうちに羽織ってしまったのだろう。袖口《そでぐち》や胸のジッパーの辺りが黒ずんでいた。彼の流した血の跡だった。点々と、あるいは手形らしき塊が見て取れる。

「……何が、おかしい？」と、男が訝《いぶか》る。

「何でもないよ。こっちのことだ」

「……また、電話する」

男は唐突に電話を切った。天秤はどちらにも傾かなかったようだ。

「まあ、いいさ。よく考えればいい。結果は同じなんだから」

陳《チャン》はフロントウィンドウに向けて紫煙を吐き出した。窓に白い雲がたなびくと、そこに陽《ひ》の光が差し込む。朱い雲が陳の目の前に広がっていた。温かい朝焼けだった。

赤信号で停車すると、陳はタバコを灰皿に捨て、再びダウンジャケットに視線を落とした。やはり、真っ先に羅《ロー》の血痕《けっこん》が飛び込んでくる。

少しの間、まぶたを閉じた。

そして、陳は囁くようにぽつりと零した。

——玲玲《レンレン》、有難う。僕の友人は助かったよ。

## 9　星期三《シンケイサン》（水曜日）　午後二時

背中だけが氷の壁に触れているようだった。石原雪子は右手を折り曲げながら、そっと背中に指先を当てた。冷たく、そして痛い。反射的に指を遠ざける。しかし、そこに濡《ぬ》れた感触はない。ただ冷気だけを感じていた。

――どこにいるんだっけ？

雪子はふっと目を覚ました。

自分の部屋だった。リビングのソファーに寝そべり、毛布を体に巻きつけていた。ソファーのシート部分を背にしており、そこだけが冷えていたらしかった。

見ると、左手には携帯電話を握り締めている。雪子はその黒い長方形を目にしながら、しばらくの間ぼんやりとしていた。

――あの人からの連絡を期待していたのだろうか。

きっとそうに違いない。そうでなければ、こんな状態で眠りはしない。

着信履歴を確認した。十件ほどの着信があった。その大半は呉星《ウーシン》からだった。一時間ほど前にも電話があったようだ。それ以前には会社の同僚の梅鈴《ムイリン》の名があり、他はすべて呉星の二文字が連なっていた。

毛布の下はパーカーにジャージという部屋着の格好だった。起き上がろうとすると、背筋に痛みが走った。横になったまま、体を捻《ひね》って解《ほぐ》していく。何となく首を左右に振っていると、血液が流れ出すのが分かる。ジンジンとした痒《かゆ》みが肩や背中を這《は》い出した。

昨日、文城酒店《マンシンホテル》を飛び出し、この部屋に戻って来た。父親の影を捜して。

小窓から部屋を覗いていたのは父親である――雪子はそれをもう確信していた。

雨の中、傘も差さずにアパートの周囲を走り回った。どこからか娘のことを見ているかもしれない。それならば、きっとこの辺りにまだ――。

はたと立ち止まったのは、自宅アパートのエレベーターに再び戻って来た時だ。濡れた頭に、ふと疑問が過《よぎ》って行った。

雪子には父親に会う理由がある。伝えなければならないことがある。だが、どうして父親は娘を捜すのだろうか？　今更、娘に会う理由などあるのだろうか？

ソファーから起き上がり、キッチンで顔を洗った。冷水を浴びせ、昨日の記憶を呼び起こす。

雪子は父親の姿を描くことができない。幼い頃、母の傍に誰かの影があったような感触はあるが、それが父親だったのかどうかまるで分からない。いずれにせよ、物心がついた時点で、雪子の前に父親は存在しなかった。たった一つの思い出も、たった一枚の写真もない。残されていたのは十分過ぎるほどの養育費だけだった。

母は決して笑みを絶やさない人だった。けれど、何も語りはしなかった。家にいつかない父親とどうして結婚したのか、あるいは、その状況で何故《なぜ》、雪子を産む決心をしたのか。母はそのすべてを抱えたまま、この世を去ってしまった。優しい笑顔を残して。雪子がまだ大学生の頃のことである。

子宮癌《がん》だった。気付いた時には既に手の施しようがないほど転移していた。医師の話では、かなり前からその兆候が出ていたはずだということだった。母は生まれつき出産の難しい体質だった可能性もある、と医師は付け加えた。その医師が母の最期を看取《みと》ってくれたのだが、雪子はその顔も声も、何も覚えていない。白衣を着た小さな男だったことくらいしか、雪子の記憶には刻まれていない。

母がわたしを産んだのは、そういう背景があったせいだろうか――母にとっては、妊娠したこと自体、奇跡に近かったのかもしれない。

何度となく考えたことだった。だが、それを母の口から聞くことはもうできない。

と、雪子の携帯電話が鳴り始めた。

一瞬はっとしたが、相手は恐らく呉星《ウーシン》だろうと思われた。文城酒店《マンシンホテル》での彼の姿を思い出す。雪子は呉星を振り切って的士《タクシー》に乗った。それでも追いかけて来る彼を見向きもせずに。

「……もしもし」

雪子は小さな声で応答に出た。

「あ、雪ちゃん。やっとつながった」

呉星の口調に怒りの色はなく、落ちついていた。

「……うん」

「何回か電話したんだ。今、部屋にいるんだろう?」

「来たの?」

「ああ。部屋に灯《あか》りが点いていた。何度かノックもしたんだ」

聞き慣れた声に、雪子はぐっと日常へ引き寄せられて行く。体温も上昇し始める。雪子は少し頬を崩した。学生の頃はこういった切り替えが苦手だった。難題に当たれば、その日一日はどんよりしていたものだった。自分もやはり、根は呉星《ウーシン》の言うように単純なのかもしれない。気付いていないだけなのかもしれない。

「あの小窓、確かに灯りが漏れるな」と、呉星が言った。「雪ちゃんが部屋にいることは分かったよ」

「昨日の黒い男と同じ行動を取ったの?」

父親、という言葉は出さなかった。

「いや、別に変な意味じゃない」

呉星が真《ま》っ直《す》ぐ答えた。その声の向こうには、彼の顔ではなく、何故か熱せられる中華《ちゅうか》鍋《なべ》が浮かんで見えた。

「呉星さん、本当にごめん」

「いいよ、もう。とにかく安心した」

「……ごめん」

雪子は素直に謝罪した。

穏やかな沈黙が流れる。その間に、油の爆《は》ぜるような音が微《かす》かに聞こえた。電話の向こうに中華鍋を見たのはこの音のせいだろう。

「店、開けてるの？」

「当たり前だ。もう昼を随分と回ってる。昼ご飯を終えたお客さんが帰ったところだ。今なら空《す》いてるよ。食べに来るか？」

雪子は携帯電話を見た。午後二時三十分。この部屋に戻って来たのは何時頃だったか。とにかく、かなりの時間眠っていたことになる。背が軋むのも当然のことだった。

「そう言われたら、急にお腹《なか》が減ってきたな」

「酒店《ホテル》を飛び出してから、何も食べてないんだろう？」

「うん、何も」

油に混じり、今度は何かが蒸されているような音が耳に届く。これほど匂いを感じた電話は初めてだった。

雪子の腹が小さく鳴った。

——やっぱり、自分は単純にできているのかもしれない。

雪子は電話を切り、着替え始めた。

施錠を確認し、八階の通路に出たのは三十分後のことだった。

すっかり雨も上がり、空は晴れている。常に薄暗い通路にも、ほんの少し陽が差し込んでいた。

雪子はジーンズにオレンジ色のジャケット姿だった。首にはグレーのストールを巻き、下は白いスニーカーを履いている。食事のあと、またこの界隈《かいわい》を歩いてみるつもりだった。そのため、いつものトートバッグではなく、メッセンジャーバッグを肩から斜めに掛けていた。重い資料や参加者リストがないだけで、随分と体が軽く感じられる。

エレベーターは一階に待機していた。ボタンを押すと、ワイヤーを巻き上げる甲高い機械音が鳴り響いた。定期点検はなされているのだろうか。疲労した音に、雪子はいつも足が竦《すく》んでしまう。だが、一度も事故の話は耳にしなかったし、それなりに検査は行われているのだろう、そう思い込んで雪子はケージに乗り込むことにしていた。

エレベーターが到着した。いかにも苦しそうに鉄扉が開く。そして、雪子がケージに入ると更に苦しそうに閉まり始める。

と――不意に鉄扉が動きを止めた。

雪子の真正面、空いた隙間《すきま》に何本かの指が覗いていた。浅黒く、ごつごつとした指だった。それらの指が左右から扉を押さえつけ、閉じようとする力に反発しているのだった。

――え？

突然の光景に、雪子はケージの中であとじさった。

開けてくれ、という声は聞こえない。

だが、扉はゆっくりと、そして着実に開いていく。ぎしぎしと痛々しく軋みながら。

雪子の視界も徐々に広がる。もう八階通路の両端が見えるほどに鉄扉は開いていた。

――二人の男だった。

強引に作られた隙間から、二人の男が順に滑り込んで来た。あっという間の出来事だった。

背格好の似た男たちだった。ともに黒いジャンパーに黒いスラックス姿である。そして、黒のニット帽を目深に被《かぶ》っていた。

――誰？

反射的に雪子は更に下がった。が、狭いケージの中である。逃げ場はなかった。

恐怖が足元から這い上がってくる。ぐっと手のひらを握り締めた。全身に緊張が漲《みなぎ》っている。震えながらも、雪子の視線は眼前の男たちに向かって行く。

男たちを睨みつけている自分が信じられなかった。

怖い。その場に座り込んでしまいたいほどに怖い。

けれど、不思議にも雪子の頭には、また別の思いが過ってもいた。

――同じ格好だ。

昨日、通路で目撃した黒い男――父親だと確信していた男と、よく似た服装なのであった。

「あんた、石原雪子だな」

向かって左側の男が低い声で言った。広東語《カントンご》だった。

雪子は何も答えなかった。返事の代わりに、じっと男たちを観察した。

昨日の記憶は朧《おぼろ》げだが、体型も似ているような気がする。無駄な肉はなく、鍛えられた体であることが胸の辺りを見れば容易に判断できた。顔はニット帽と無精髭に覆われていたが、その肌を見る限り、若いということだけは分かる。恐らくは、雪子と同年代に違いなかった。

「あんた、元秋男《ユンチヤウナム》の娘だな」

同じく左側の男が広東語で続けた。

「あなたたち……誰なの？」

「元秋男の娘だな？」

「昨日、わたしの部屋を覗いていたのは……あなた？」

訊ねずにはいられなかった。

「ねえ、あなたなの？」

——昨日の黒い人影は父親ではなかった？

雪子の脳裏にはその思いが渦を巻いていた。

右側の男が不意に腕を伸ばしてきた。その腕を避《よ》ける術《すべ》もなく、また、避けるだけの空間もなく、雪子は右腕をつかまれ、そのまま男に引き寄せられた。何の抵抗もできないまま、雪子は男に背中から抱えられる形になってしまった。

軽く汗の臭《にお》いがする。そう感じた瞬間、口が塞《ふさ》がれた。タオルのようなもので、力強く口元を押さえつけられていた。

足をばたつかせ、両肩を激しく捻り、何とか男の腕から逃れようとする。だが、それ以上の力で、雪子の抵抗は封じられてしまう。

「手荒な真似《まね》はしたくない」と、左側の男が言った。「あんたに訊ねたいことがある」

何の用よ？　そう言ったつもりだが音にはならなかった。

「訊きたいことをすべて訊き終えたら、すぐに解放する」

それでも雪子は体を左右に振り続け、男の両腕からすり抜けようとする。

「暴れるんじゃねえよ」

背後から聞こえた。雪子を抱え込んだ男だった。

放して！　雪子は叫んだ。

やはり、音にはならない。くぐもった唸りが頼りなく発せられただけである。

更に口元を締めつけられた。辛うじて呼吸はできるが、苦しい。

それでも恐怖に飲み込まれず、叫び、暴れ、抵抗を試みるのも、エレベーターが一階に着けば、誰かの目に留まるだろうという期待からだった。

雪子は念じ続けていた――早く開け。

ガツン、とケージが上下に揺れた。一階でなくとも、どこかのフロアに到着したのだ。扉が開き始めた。細い隙間から光が差し込んでくる。僅《わず》かであったが、それは何よりも雪子が望んでいたものだった。

「騒がないことだ。そうすれば無事に帰す」

左側の男がケージから出た。周囲に視線を配っている。

一階だった。

「ほら、出ろよ」

そう言って、背後の男が雪子を拘束したまま外へと押しやった。狭い一階通路を汝州街《ユーチャウストリート》へと、否応なく足を運ばされる。

もう少しで呉飯堂《ウーファントン》だ。そこでまた暴れれば、呉星《ウーシン》が気付いてくれるかもしれない――雪子は痛切に願った。

しかし、その思いは瞬時に砕かれてしまった。

雪子を待っていたのは一台のワンボックスカーだった。通路の先に、それがドアを開けた状態で待ち構えていたのだ。

――そんな、連れ去られるの？

雪子は必死に抵抗した。大声で喚《わめ》き、激しく首や体を振り乱した。

――どうしてわたしが？　どうしてわたしが、こんな目に遭わなければいけないの？

四角い車体に覗く黒い穴。その黒い穴はどこまでも奥に伸びているように思えた。

あの穴に放《ほう》り込まれたら終わりだ。

最悪の事態を嫌でも想像する――殺されるかもしれない。

絶望感が雪子を襲う。それほどに、開いたドアは雪子にとって絶対的な恐怖だった。

ざりざり、と微かに聞こえた。

そう、確かに聞いた。間違いない。毎日のように耳にしている音。呉飯堂のガラス戸が砂利を噛んでいる。

「雪ちゃん！」

やはり、呉星だった。

呉星は素早く雪子の背後に回り、男に飛びかかった。あの太い腕が男の首に絡みついている。締めつけられたら数秒と持たないだろう。男はぐぅと息を漏らし、のけぞるようにして後退した。

雪子を抱え込んでいた両腕が緩む。その隙に、雪子は腕の間をすり抜けた。

男はそのまま更に後方へ引っ張られ、呉星とともに転がるようにして地面に倒れた。

「呉星さん！」

叫んだ。雪子は力一杯、叫び声を上げた。

「雪ちゃん、逃げろ！」

足が竦んで動かない。がくがくと膝が震えていた。

「何やってんだ！　早く逃げろって！」

呉星《ウーシン》はまだ男の首を絞め、動きを封じていた。

——嫌いだ。やっぱりこの街は嫌いだ。来るんじゃなかった。

「来るんだ」

と、背後から雪子の体に腕が巻きついた。大蛇に締めつけられているような不気味な感覚が雪子を襲う。二人組のもう一方の男だった。

「早く逃げろ！」と、呉星の絶叫。

逃げられなかった。嘘《うそ》のように足が動かなかった。

いや、足だけではない。どこにも力が入らない。ただただ、男の思うがままに、雪子は汝州街《ユーチヤウストリート》へと引きずられて行く。

その先には——黒い穴が待っている。

その中に放り込まれたら、もう終わりだ——。

雪子の目から、初めて涙が零れ落ちた。

## 10　星期三《シンケイサン》（水曜日）午後三時

陳小生《チャンシウサン》は目を覚ました。文城酒店《マンシンホテル》の一室だった。

大仙《タイシン》病院を出たあと、やはり、どうしても自宅まで戻る気になれず、陳は酒店の従業員であるフィデルに連絡を取った。まだ早朝という時間にもかかわらず、彼はいつものように陽気な声を響かせた。

部屋の確保と簡単な飲茶《ヤムチャ》を頼むと、「どれくらいで到着しますか?」と、彼は訊ねた。十五分ほどだと答えると、「飲茶は部屋に用意しておきます」と言って、フィデルは電話を切った。陳の到着に合わせて料理を運ぶつもりなのだろう。その心配りが嬉しかった。

二〇三号室に通されると、言葉通り既に飲茶が揃《そろ》っていた。小さなテーブルにぎっしりと皿が並んでいる。

蝦餃《ハーガウ》（蒸し海老《えび》餃子《ギョーザ》）、鍋貼《ウォテイップ》（焼き餃子）、春巻《チョンギュン》、揚げ餅《もち》に貝柱のスープ。

湯気が立ち上っているのが遠目からでも分かるほどだった。

「有難う、フィデル」

陳は礼を述べ、一〇〇〇HKドルを彼に手渡した。

「陳さん、これはもらい過ぎです」

「違うんだ。これを食べたら僕は少し眠る。その間に、新しい下着を買って来て欲しいんだよ。Tシャツに、あと、靴下とね。ああ、それと――」

言って、陳《チャン》はダウンジャケットを脱ぎ、あちこちについた血痕をフィデルに見せた。

「これ、クリーニングで落ちるかな」

「必ず落とすよう、担当者に伝えます」

「うん、悪いが頼むよ。もし、もっと代金が必要になれば言ってくれ」

「分かりました」

「下着は適当に置いておいてくれたらいいよ。寝ている間、部屋に入ってくれて構わないから」

「はい。陳さんを起こさないように気を付けます」

「はは、起こしても大丈夫。僕はそれほど寝起きは悪くない」

フィデルがダウンジャケットを抱え、一礼して部屋を出て行ったあと、陳は飲茶《ヤムチャ》を存分に楽しんだ。

――僕にとっては香港半島酒店《ザ・ペニンシュラ》なんかより、ここの方が五つ星だ。

そんなことを思いながら、陳は眠りに落ちた。

陳の眠りを遮ったのはフィデルではなく、携帯電話であった。枕元《まくらもと》でコール音が五度ほど鳴った。発信番号は非表示になっている。陳は上半身を起こし、一度、大きく伸びをした。


「結論は出たかい？」

　大仙《タイシン》病院を出てすぐにかかってきた、羅朝森《ローチウサム》刑事の情報屋からだった。

「……結論？」

　男は例のひどくかすれた声で応答した。

「そう。僕に協力するかどうか。僕の質問に答えるかどうか」

「……見返りは？」

「ほう。君はなかなか貪欲《どんよく》なんだな」

「羅刑事から、まだ報酬をもらっていない」

「なるほど。そいつは君も困るな。彼はベッドの中だ。当面、現金は手に入らないね。よし、一〇〇〇〇HKドル払うよ」

「……一〇〇〇〇？」

　男の驚嘆が陳の耳に届く。

「さっきも言ったけれど、この電話の件は羅刑事には伏せておく。あとで、彼からもちゃんと報酬をもらえばいい」

「……あんたの半分もくれやしない」

「はは、そうだろうね。刑事の給料を考えれば仕方がない」

「その報酬に見合う条件は何だ」

「君は察しがいいね。条件はただ一つ。真実を話すことだ」

「真実？」

「うん。君が今まで調べて判明したことを包み隠さず、また、君の憶測を加えずに聞かせて欲しい。既に羅《ロー》刑事に話したことも、今後話すつもりのことも、全部話してくれ」

男はそこでお得意の沈黙を寄越した。茶でも飲んでいるのだろうか、喉の動きが小さく聞こえる。判断に迷っているのではないだろう。既に決心はついているはずだった。一〇〇〇〇HKドルという金額を耳にした時点で。

「降りるかい？」と、陳《チャン》は先へと促した。

「――いいだろう」

男は勿体《もったい》ぶった口調で、ぽつりと言った。

男の話によると、「元秋男《ユンチヤウナム》」の名前が囁かれ始めたのは、ここ半年ほどのことだと言う。元秋男を見かけたという目撃談がいくつか挙がるようになったらしい。

しかし、当初はあまり真実味がなく、裏社会の連中は皆、ガセだろうと歯牙《しが》にもかけなかったようである。元秋男はもう死んでいる、彼らはそう否定していた。

「あんた、知っているんだろう？　元秋男が何をしたか」

前の電話よりも、情報屋は流暢《りゅうちょう》に、そして饒舌《じょうぜつ》になっていた。陳はこの情報屋が真実を語れば、更に五〇〇〇ＨＫドル、報酬を上乗せするつもりでいた。もしかすると、男はその気配を感じ取っているのかもしれなかった。

「羅刑事から聞いたよ。三合会《トライアド》のある組織から大金を奪ったのだろう？」

「ああ、今から二十一年前のことだ」

「その当時、彼は警官だった」

「その通りだ。その元秋男の相棒が羅刑事だったという噂もある。とにかく、奴は相棒を騙《だま》して、金を奪って消息を絶った」

羅刑事が元秋男のかつての相棒であった――それは真実だった。

羅は苦々しいという表現では足りないほどに苦悶の表情を浮かべ、「オレの相棒だったよ」と、ボルボの中で吐き捨てた。二十一年前に元秋男が行方を晦《くら》ませたという話も、車内で聞かされた内容と一致していた。

「何故、三合会の連中は彼が死んだと思っていたんだろう」と、陳は続けた。「その当時、元秋男に何らかの報復をした事実はあるのかな」

「ないな。もちろん、その指示は出されたし、下っ端の連中も動いた。だが実際には、奴は既に姿を消していた。報復しようにもできなかったというのが真相だな」

「ははあ、それでもう死んだということにしたのか。自らの体面もあるし、他の組織からも笑いものだ。大金を奪われた上に、取り逃がしたでは格好がつかないな」

「そういうことさ。そして、組織の連中には幸運なことに、元秋男《ユンチャウナム》はそれ以降、香港に現れることはなかった。連中が流した嘘が真実になってしまった」

「けれど、二十一年後の今、彼が現れた」

「ああ。目撃談が増え続けている」

「連中の中では、彼は死亡したことになっている。今更、現れてもらっちゃ困るってことか」

「連中も初めは目撃談を無視していた。しかし、否定しきれなくなった。元秋男を見たという人物が組織や関係者の中から出てきたのさ。単なる街の噂じゃ済まなくなった。連中は今、水面下で血眼《ちまなこ》になって奴を捜している。他の組織に気付かれないよう、ひどく慎重に動いている」

なるほど、そういうことだったのか。陳《チャン》は露店商の黄詠東《ウオンウエンドン》の言葉を思い出した。

街はざわめいているが局所的で、膨張にはほど遠い——。

それは、組織の連中が表に出ないよう、かなり神経質になっているのが要因だったらしい。黄の嗅覚は大したものだ。陳は微笑を浮かべ、ようやくベッドから下りた。

「でも」と、陳は続けた。「元秋男はどうして今になって戻って来たんだろう」

「それはまだ調査中だ……」

情報屋の答えは弱々しかった。しかし、それは本当らしく、何か隠している気配は感じられなかった。

「彼は今までどこに潜伏していたのかな」

「それもまだ……分からない」と、男が声を詰まらせた。「ついでに言うと、二十一年前に奪った金の行方も不明だ。奴がまだ持っているのか、あるいはどこかに隠したのか、それもはっきりしない」

「君は正直な人間らしい」

「相手が陳小生《シウサン》だからな。あんたが相手でなければ、自分の能力不足を認めるようなことは口にしない」

「いい心がけだね。最後にもう一つ訊きたい」

「何だ？」

「近々、大きな麻薬取引があるらしい」

「ああ、聞いている。その情報源は……例の組織の連中だ」

「ん？　組織自らが情報を流したって？」

「その通りだ。元秋男を釣るための餌《えさ》だろう」と、男が鼻を鳴らした。「これは俺の推測だがな」

「うん、面白い。いい線を突いていると思うよ。連中自身が最小限の情報を流した。他の組織に感づかれないように、かつ、元秋男《ユンチヤウナム》だけには届くように。なるほど、餌か」

黄《ウオン》の嗅覚も、羅《ロー》刑事の勘も、どちらも正しかったのか――。

街で生きるとはこういうことだ。陳《チヤン》はタバコに火を点け、窓の外を見やった。

「有難う。また何か分かったら連絡をくれるかい」

「ああ。羅刑事よりも、あんたに雇われたいものだな」

「考えておくよ」

報酬については文城酒店《マンシンホテル》のフィデルという従業員を訪ねるよう重ねて、陳は電話を切った。

そのフィデルが用意してくれた下着や靴下が、皿の代わりに机の上に置かれていた。情報屋との電話の最中から、もちろん気付いていた。陳はその下着に着替え、ベッドに腰を下ろした。

脱ぎ散らかしていたジーンズとシャツは、クローゼットの中に片付けられていた。その隣には、クリーニングに出していたダウンジャケットも掛けられている。

見ると、羅の血痕が綺麗に消えていた。そして、青い生地はより一層青く光沢を放っていた。

不思議な感覚だった。血の跡が洗われただけで、昨日の出来事までもが嘘のように思えた。羅は本当に病院で眠っているのだろうか。そんな疑問が陳の青い視界の中を通り過ぎて行く。

　とりあえず、見舞いついでにこのダウンジャケットを返しに行くか――。

　陳は再び携帯電話を手に取り、呉星《ウーシン》の店の番号を呼び出した。

　コールすると、上手《うま》い具合に呉星の父親が応答に出た。

「やあ、親父《おやじ》さん。久しぶりだね」

　呉星の父親、呉漢《ウーハン》は、陳からの連絡をひどく喜んでくれた。電話に出るなり、子供のように声を弾ませた。その勢いは陳を戸惑わせるほどだった。

　物静かな人物だったと記憶している。口数も少なかった。それがこうも変わるものなのか。陳は首を傾《かし》げたが、その間も電話の向こうからは、「久しぶりだなあ」という声が繰り返し届いた。息子を手伝っているせいだろうか。花屋の面影が窺《うかが》えないほど、賑《にぎ》やかな食堂の親父になっているようだった。

「親父さん、まだ花は扱っているのかい？」

　陳はあまり期待せずに訊ねた。

　手元にはないが、すぐに用意はできる。それが答えだった。

「じゃあ悪いけど、一つ花束を頼むよ」と、陳は言った。「いや、贈る相手は女性じゃないんだ。まったく花とは無縁な、むさ苦しい男なんだけれど……そんな男に贈る花束なんてあるものかな？」

陳《チャン》のボルボは再び彌敦道《ネイザンロード》を走っていた。深水埗《サムソイポ》へ向け北上している。二十分程度で到着するだろう。陳はタバコに火を点け、文城酒店《マンシンホテル》での電話を思い返していた。羅《ロー》の情報屋とのものである。

元秋男《ユンチヤウナム》——羅刑事の元相棒。

晴れ渡った彌敦道を視界に流しながら、陳は前方を睨む。

露店商の黄《ウオン》、羅刑事、そして情報屋。

彼らの話を耳にして、街の蠢《うごめ》きが分かり始めていた。この揺れがどこへ向かっているのか、その方向さえ見誤らなければ、さほど時間を費やさずに元秋男に辿《たど》り着くはずだ。陳はそんな予感を肌に感じていた。

二十一年前の出来事——元秋男が三合会《トライアド》のある組織から大金を強奪したのは、香港島の山頂《ピーク》という話だった。

そして今現在——陳がこの件に足を踏み入れたのは、奇《く》しくも二十一年前と同じく、山頂道《ピークロード》でのことだった。その脇道に建つ陳の自宅に、羅が写真を携えてやって来たのが始まりだった。

——時は繰り返す、か。

陳はぽつりと呟く。羅が口にした言葉だった。

大仙《タイシン》病院の周賢希《チヤウインヘイ》医師に電話を入れた。羅はぐっすり眠っているとのことだった。その嘲《あざけ》るような口調から判断すると、それなりに羅を薬漬けにしているのだろう。

太子《タイツイ》で脇腹を撃たれた羅。撃ったのは元秋男だと言う。

元秋男は太子で何をしていたのか。

太子は、今向かっている深水埗のすぐ南に位置している。そこに何か関連はあるのだろうか。そんなことを考えながら、陳はタバコを灰皿に捨てた。

どうやら今は香港島ではなく、九龍《ガウロン》半島側で波が立っているらしい。

だが、その波は見落としてしまうほどに小さい。じっと目を凝らす必要がある。皮膚感覚も更に研がねばならない。

陳は目頭をこすり、彌敦道から長沙灣道《チユンシヤーワンロード》へとハンドルを左に切った。

ボルボは南昌街《ナムチヨンストリート》で更に左に折れ、深水埗の汝州街《ユーチヤウストリート》に入っていた。

そして、その汝州街の一点で、まさに波が立とうとしていた。

陳の目がそれを瞬時に感じ取っていた。前方に、急発進する白いワンボックスの尻が見えたのだった。しかも、その車は呉星《ウーシン》の店の前から飛び出して来た。

陳はアクセルを踏み込み、呉飯堂《ウーファントン》の前に滑り込んだ。

ワンボックスは汝州街を北上している。ここは北西への一方通行だ。

目を細め、そのナンバーを読み取った。ＫＭ１５５０。偽装プレートの可能性もあるだろうが、陳《チャン》はその二つのアルファベットと、四つの数字を頭に刻んだ。

慌ててボルボから降りる。呉飯堂《ウーファントン》の薄汚れたガラス戸を滑らせ、陳は叫んだ。

「呉星《ウーシン》！」

店の中には誰もいなかった。

「……陳さん、こっちです」

外から聞こえた。店の右手にある通路の方向だった。

ガラス戸を開けたままにして、陳はそちらへ走る。

「呉星！」

「陳さん、ちょっと、こいつを……」

呉星は黒ずくめの男を羽交い締めにして、地面に押さえつけていた。男は既に抵抗する気をなくしているのか、大人しく横になっている。

「誰だい？　この男は」

「知りません」

「今、ワンボックスが急発進して行った」

「はい、その仲間のようです」

呉星はそう答え、男の後頭部に手をやった。そして、そのまま男の顔面をごりごりと地面にすりつけた。

「おい、あの車はどこへ向かってるんだ？　どこへ向かった！　彼女をどうするつもりだ！」

男の鼻から微かに血が流れている。男は何も答えなかった。

「彼女？」と、陳は訊ねた。「誰のことだい？」

「雪ちゃん、いえ、石原雪子がこいつの仲間に連れ去られたんです！」

「何だって⁉」

陳は横たわっている男を起こすなり、その頬に右の拳《こぶし》を放った。更に返しの左拳をもう一発。

再び倒れそうになる男を呉星が受け止める。

「呉星、追うぞ！」陳は声を荒らげた。「その男も連れてくるんだ」

「はい！」

うな垂れる男の顔面を狙って、陳は右膝を振り上げた。がつんと重く湿ったような振動が陳の膝を震わせる。

瞬間、辺りが血に染まった。男の鼻骨が折れたに違いなかった。

「君がどこの誰か知らないが」と、陳は言った。「彼女に何かあれば、この程度じゃ済まないよ。それを理解した上で僕の車に乗ることだ。君の態度によっては、これが最後のドライブになるかもしれないからね」

# 11　星期三《シンケイサン》（水曜日）午後四時

放り込まれた穴は黒く、暗かった。

太陽の光がまるで入ってこない。ワンボックスの窓にはスモークが貼《は》られているのだろうが、更にその上から、遮光カーテンのような分厚い布が被せられているらしかった。明らかに、誰かを連れ去ったり、誰かを閉じ込めておくことを目的にした車だった。

埃《ほこり》、カビ、金属の錆《さ》びた匂い。

それらが鼻だけでなく、雪子の両眼を突き刺す。自然と拒否反応が起こり、涙が流れ落ちる。雪子は何度も瞬《まばた》きを繰り返した。

そうしているうちに、徐々に視界を取り戻す。雪子はワンボックスの後部シートに座らされていた。そのすぐ隣では、男が胸の前で両腕を組んで前方を見つめている。アパートのエレベーターに現れた二人組のうちの一人だった。

天井に設置された車内灯が頼りなくオレンジ色を発している。辛うじて、その灯りが男の顔を照らしていた。

もう一人の男は呉星《ウーシン》に取り押さえられ、あの通路に寝転がっているはずだった。

今、雪子の横でともにワンボックスに揺られている男がリーダー格らしい。雪子を車内に押し込むと、後部座席のドアを閉める間もなく、汝州街《ユーチャウストリート》を北西へ向けて発進させた。男が運転手に合図を出したのだ。すぐに出せ、と。雪子を襲ったのは二人組ではなく、少なくとも三人はいたことになる。助手席にまだ誰か座っているのかどうかは分からなかった。運転席側と後部座席の間は例の布で遮られていた。

ふと呉星のことを思った。呉星がこの車を追って必死に駆けている——その姿を想像した。

そう、雪子は昨日、その姿を背中に感じ取った。しかし、その時は決して振り返らなかった。文城酒店《マンシンホテル》から的士《タクシー》で去った時のことだ。

追いかけて欲しくなかった昨日と、どこまでも追いかけて欲しい今日。

車は違えど、同じ後部座席に座り、思うことはこうも違うものなのか。

これが昨日であったなら——雪子は心の底からそう願った。

「手荒な真似をしたことは謝ろう」

隣の男が口を開いた。男は変わらず黒一色のままである。ニット帽もまだ被ったままであった。

「もう一人の仲間はいいの？」

雪子はそう返した。だが、その言葉に何の力もないことは分かっていた。この男は、呉星に捕えられた仲間には見向きもしなかった。簡単に見捨てた。それはつまり、その程度の関係でしかないということを表していた。

案の定、男は無表情に「構わない」と答えた。

「あの馬鹿者を心配するよりも、あんた自身を案じるべきだな」

男はまるで台詞《せりふ》を読み上げているかのように淡々と言った。その口調がかえって不気味だった。感情のない言葉には何かしら凄味《すごみ》がある。

「……どこへ行くの？」

「それはあんた次第だ」

「わたし？」

「さっきから何度も言っている。あんたが質問に答えれば無事に帰す。あんたに危害を加えるつもりはない。理解したか？　石原雪子さん」

男が雪子を流し見た。粘質な視線だった。眠そうに半開きになった目が絡みつく。それはアパートのエレベーターの中から感じていた印象だった。

「どうして、わたしの名前を知っているの？」

「調べたからだ」

「わたしの何を調べたの？」

「あんたをじゃない。あんたの父親、元秋男《ユンチヤウナム》を追っている」

「……わたしの、父親」

「そうだ。あんたは元秋男の一人娘だろう？」

雪子は頭を垂れ、ゆっくりと首を左右に振った。

「……知らない」

「知らない？　どういう意味だ」

男は上半身を雪子に向け、少し体を乗り出した。

「……わたしは父親のことなんて何も覚えてない。だから、話すことなんてない」

「ふん、そんな言い訳が通用するとでも思っているのか」

「通用するも何も、本当のことだから仕方ないでしょ！」

雪子は声を尖らせた。

「あんた、なかなか気が強いな。やはり、元秋男の娘だ」

「知らない！」

雪子は男を睨みつけた。気が立っていた。もちろん、恐怖は依然としてある。震える手足を懸命になって抑えているほどだ。しかしそれ以上に、訳の分からない腹立たしさが全身を巡っていた。

——どうしてこんなに苛立《いらだ》っているんだろう？

エレベーターの中で襲われ、強引に車に押し込まれた。それらは確かに許し難い。あの時、必死になって抵抗したように、今この車中でも喚き、叫びたいと雪子は思っている。

けれど、その荒れた感情を堪《こら》えさせ、多少なりとも冷静でいられるのは、また別の怒りが雪子の中に蠢いているせいとしか言いようがなかった。怒りを別の怒りで押さえつけている。

その別の怒りとは――目の前にいる男が、雪子よりも「父親」についてよく知っていそうだという事実だった。

「わたしは本当に父親のことを知らない。母の隣に誰かいたような気はするけれど、それが誰だろうと関係なかった。わたしはずっと母と一緒に暮らしてきた。その母も四年前に亡くなった。その時だけなの、母が父親について語ったのは。元秋男《ユンチャウナム》という名前も、その時初めて知ったくらい」

雪子は息継ぎをする間もなく、一気に続けた。

「日本人じゃないってことも、その時母から聞かされた。特に驚きもしなかった。多感に心が揺れ動くような年はとっくに過ぎていたし、何より、わたしはずっと父親は存在しないと思って生きてきた。それで何も不自由はなかった。母との二人暮らしでも、何も不自由がなかった。普通の公立の学校に通っていたけれど、大学まで行かせてもらえた。好きな服を買えるくらいのお小遣いももらえたし、友達と旅行に行くくらいの貯金もあった。母との生活がわたしのすべてだった。そして、とても満足のできる生活でもあった。一言で片付けるなら、とても幸せだったの。だから、そこで元秋男という名前を聞かされても、父親がどうのと言われても、何も特別なことは思わなかった。わたしの生活の中に、他の誰かが入る余地はどこにもなかったのよ」

　本音だった。が、一息ついて、雪子ははっと我に返った。

　見ず知らずの、しかも雪子を襲った男に、父親について語っている自身が信じられなかった。世話になっている呉星《ウーシン》にさえ告げなかったというのに……いや、まったく見知らぬ人物相手だからこそ、本音を吐露できたのだろうか。雪子は自分の語った内容を、しばらくの間反芻《はんすう》した。

「よく喋るな」と、男が言った。「元秋男は無口な男だと聞いているが」

「あなたが喋れと言うから喋ったんでしょう！　そうしたら帰してくれるって」

「確かに言った。しかし、今あんたが話したことは、我々が訊きたかったことではない」

「そんな勝手な！」

「勝手なことは百も承知している。こうしてあんたを無理矢理さらったんだからな」

　そう言われると何も答えようがなかった。雪子はぐっと息を飲み込んだ。

「あんたの話が正しいとしよう。では訊くが、父親のことを知らないあんたが、どうしてここに来た？」

「仕事のためよ。ここに転勤になった」

「今更嘘をつくな。香港への転属願を出していたのは誰だ？」

　雪子は目を見開いた。

「……そんなことまで調べたの？」

「我々の組織を見くびってもらっては困る」

「別に見くびってなんかいない。そもそも、あなたが組織に属していることも今知ったくらいなんだから。どういう組織なの？」

　男の半分落ちたようなまぶたが更に落ちた。

「あんた、さっきから元秋男《ユンチャウナム》のことを、他人行儀に父親と言っているな。父とは決して言わない。母とは呼んでいるくせに」

「だから、その通りに他人だってことよ。わたしに父はいないの。もういい加減にして！」

　瞬間、左の頬に痛みが走った。手で張られたことに気付いたのは、そのあとのことだった。

「喧《やかま》しい。喚くな」と、男が凄んだ。

「何よ、結局は手荒な真似をするんじゃない。わたしのことは調べられても、あの人のことは捜し出せないんでしょう？　あなたの組織はその程度ってことなんでしょう？」

　口にして後悔した。男の黒いジャンパーの右袖が小刻みに動いている。あの粘っこい視線が雪子の顔面を這っていた。

　また殴られる――雪子は肩に力を入れ、身構えた。

と、男が右腕の力をふっと抜いた。そして、右の頬を奇妙に歪め、歯を覗かせた。

「あんたの言う通りだ。どこを捜しても元秋男が見つからない。石原雪子、もう一度訊く。あんた、どうしてここに来た？　奴はここで育った。何故、ここにやって来た？」

「……伝えたいことがあるからよ」

正直に答えた。

「伝えたいこと？」

「さっきも言ったでしょ。母が亡くなったって。それを伝えるために来たの。わたしは母が大好きだった。母はとても優しくて温かい笑顔を残して死んでいった。その顔は今でも私の目に焼きついてる。その時、母はぽつりと父親のことを語った。微笑みながら。わたしには母の最期の願いのように思えた。もう一度会いたいって。母はきっと父親のことをずっと想い続けていた。母のためにも、その想いを伝えるべきだと思ったのよ。そして何より、母の死を伝えるべきだと思ったのよ。ここに来たのは母のためであり、わたしのため。わたしなりの一つのけじめよ」

「ということは、奴が香港にいることを事前に知っていたんだな？　やはり、あんたは元秋男と連絡を取り合っていた」

「何を言ってるの。わたしがあの人の連絡先を知っていたのなら、それこそ電話で済む話でしょう。それでわたしの目的は達せられる。わざわざここまで来るはずがない」

「では、どうして香港に来た？」

「だから、ここの出身だと聞かされたからよ」

「あんたの母親が、元秋男《ユンチヤウナム》は香港にいると言ったんだな？」

「違う。母は何も言わなかった。父親がどんな人かも、どこで出会ったのかも何も語らなかった。唯一口にしたのがそれ。元秋男という名前と、香港で育ったということだけよ。だから、わたしはここに来ることを決めた」

「あんた、自分の言っていることが分かっているのか？　あんたの行動には何の論理性もない。それを信じろと？」

「論理性がないことくらい、ずっと前から分かってる！　就職先に旅行代理店を選んだことも、香港へ転属願を出したこともそう」

そうだ——わたしの行動はかなり思いつきなのだ。

今更ながらに雪子は思い知った。だから、呉星《ウーシン》からもからかわれるのだろう。呉星の方がずっと論理的だ。やりたくないからやらない。働きたいから働く。雪子の頭に、中華鍋を振る呉星の姿が浮かんでいた。

「奴が日本にいるとは考えなかったのか」と、男が続けた。

「考えたに決まってる。でも、母は最期に言った。わざわざこの場所を口にした。香港に行って欲しい、母はそう伝えているんだとわたしは思った。どうせ、あなたはまた論理的じゃないって言うんでしょう」

男はしばらく雪子を見つめ、そして、視線を前へ逸《そ》らした。頭を整理しているのか、じっと目を閉じていた。

その時、雪子の携帯電話が鳴り出した。尻のポケットに入れていたものだった。

素早く手を回し、応答に出た。相手が誰か分からなかったが、呉星であろうことは想像していた。

「わたしは大丈夫」

雪子は早口に告げた。そこでもちろん、携帯電話は男に奪われてしまった。視線と同じく絡みつくような手さばきだった。男は携帯電話の履歴やアドレス帳を調べていた。元秋男の文字がないか確認しているのだろう。

願いが叶《かな》った——今日が昨日になった。

ほんの僅かな通話、男に電話を奪われる直前、呉星も早口で言ってくれた。

「今、九龍塘《ガウロントン》の辺りだ」

そう、やはり相手は呉星だった。今、このワンボックスを追っているということだ。昨日、文城酒店《マンシンホテル》から出て行く的士《タクシー》を追いかけてくれたように。

九龍塘ということは、ワンボックスは東へ向かっている。

雪子はまぶたを閉じ、深く息を吸い込んだ。あのカビや錆の異臭で咳《せ》き込みそうになる。

それをぐっと堪えた。今はただ、「九龍塘の辺りだ」、その一言が何よりの希望だった。暗い穴の中に一筋の光が差し込んだのだ。

「論理性はないが、あんたは正しい選択をしたことになる。不思議なものだな。それが父親と娘というものか」

男が雪子の携帯電話を弄《もてあそ》びながら言った。

「父親と娘のあり方なんて、わたしには分からない。でも、どういう意味？　正しい選択って。あの人はここにいるの？」

「――いる」と、男が答えた。「元秋男《ユンチヤウナム》は間違いなく香港にいる」

「じゃあ、わたしのアパートに来たのは――」

「あんたのアパート？」

「そう。通路から小窓を覗いていた」

「いつの話だ」

「昨日の昼すぎくらい。わたしと通路で出くわした。あなたみたいに黒ずくめの格好だった」

「違うな。もちろん、我々もあんたのアパートを張ってはいた。だが、それは我々ではない」

「ということは、やっぱり――」

「ちっ」と、男が激しく舌を打った。「元秋男、やはり現れていたか。どこをどうすり抜けたんだ……」

男の手の中で、再び雪子の携帯電話が鳴った。男はしばらく画面を睨み、「あんたの恋人からだ」と笑ったあと応答に出た。

「何の用だ？　石原雪子はここにいる。安心しろ」

呉星《ウーシン》の声が微かに漏れ聞こえる。

「はあ？　気を付けろだと？　あんた、立場を理解しているのか？　恋人がどうなっても――」

次の瞬間だった。

雪子は宙に飛ばされていた。

――爆発⁉

いや、爆発かどうか分からない。

とにかく、激しい衝撃と震動とともに、雪子は後部座席から前方へ吹っ飛ばされていた。

――何なの⁉

恐らくは運転席のシートに体をぶつけた。そしてそのまま床に叩《たた》きつけられた。

目が回っている。ただでさえ暗いワンボックスの中で、雪子は平衡感覚を失っていた。

何が起こったのかまるで分からなかった。

雪子は頭部を庇《かば》い、身を丸めた。まだ意識はある。

だが、天地がはっきり感じ取れなかった。宙に浮かんでいるような感覚すらあった。

――わたしはどこに寝転んでいるんだろう？

そこに、眩しいほどの光が差した。

そして、首と肩にそっと手が置かれた。呉星《ウーシン》が助けに来てくれたのだろうか。

「大丈夫かい？」

声が頭上から降ってきた。柔らかく、穏やかな声だった。呉星のものではない。

誰だろう――まさか、父親？

そう思わせるほどに温かく、どことなく郷愁のある響き。

いや、そんな馬鹿な――。

「君が石原雪子さんか」と、声が落ちてくる。「参ったな。こんな形で挨拶《あいさつ》することになろうとはね。僕は陳小生《チャンシウサン》という者だ。呉星から聞いているかな？」

## 12 星期三《シンケイサン》（水曜日） 午後五時

「呉星、追うぞ！」

陳小生はボルボを発進させた。

ワンボックスの尻が遠ざかって行く。しかし、辛うじて視界には捉《とら》えていた。汝州街《ユーチャウストリート》から欽州街《イエンチャウストリート》へ北東に折れようとしている。走行しやすい長沙灣道《チュンシャーワンロード》に出るつもりだろう。

後部座席の左側には呉星が座り、肩を上下させている。未《いま》だ興奮状態にあるようだった。その右隣には、見知らぬ一人の男が横たわっている。鼻血を流し、口元を赤く染めていた。意識があるのかないのか、時折、男はうぅと唸っていた。

「何があった？」と、陳は訊いた。

ルームミラーの中で、呉星は荒々しく唇を手の甲で拭っていた。口角を切っているらしかった。

呉星が語った。

だが、突然の出来事だったらしく、隣にいる男を取り押さえるのに必死で、あまりよく覚えていないということだった。確かに不意だったのだろう、呉星はジーンズにパーカーという格好だった。腰には黄ばんだエプロンも巻いたままである。呉星はそのエプロンを固く握り締め、石原雪子がさらわれた事実を悔いていた。そして、助けられなかった自身を責めていた。

「その男が何者か分からないんだね？」

陳《チャン》は淡々とした口調で言った。

「はい……俺が一階の通路で出くわした時には、雪ちゃんがもう捕まっていて……」

「それは分かった。男は二人組だと言ったな？　お前がその男を押さえている間、彼は口を割らなかったんだね？」

「……はい」

「まあ、そうだろうな。わざわざ自分の素性や、誘拐する目的を語る奴はいないか」

「俺が……もっと早くに店を出ていれば……」

「それを言い出したら切りがない。その男が目を覚ませば、何か分かるかもしれない。その男を放さなかったのはお前の手柄だ」

「……はい」

「でもね」と、陳は語気を鋭く一変させた。「僕は、石原雪子さんが文城酒店《マンシンホテル》にいるものと思っていた。どうしてあのアパートにいたのかな？」

呉星《ウーシン》がさっと顔を逸らした。細い目が震えていた。

「俺の……ミスです。昨日、俺が少し眠っている隙に、彼女は酒店から出て行きました。でも、行き先は見当がついていたので――」

「言い訳はいい。お前らしくない。僕は言った。ちゃんと彼女についていろと」

呉星が重々しく頷く。

「お前は彼女を酒店に留《とど》めておくべきだった。あるいは、彼女の部屋をもっと気にかけておくべきだった。そして――」

陳はそこで、背後へと視線を振った。

「僕はもっと早くここに駆けつけるべきだった。そうすれば、こんな事態にはならなかった」

「え?」

呉星はごろごろと目を動かしていた。陳の言葉を反芻しているようだった。

「すまなかった、呉星」

「そ、そんな、陳さんが謝ることでは――」

「いや、僕は言った。彼女に対して、僕も責任の一端を担うことになると。反省しているよ。別件に気を取られ過ぎていたかもしれない。僕もまだまだだ。こういった嗅覚は割りと鋭い方なんだけれど、今日は少しばかりタイミングが遅れた。羅《ロー》刑事や露店商の黄《ウオン》の方が僕よりも上だな」

そう言って、陳は下唇を噛んだ。

ワンボックスはやはり長沙灣道《チュンシャーワンロード》へ出るようだった。東南方向へと右折する。

そのあとを追った。距離は確実に縮まっている。

ワンボックスは信号無視を重ねながら、東へと進路を取った。明らかに尾行を警戒し、また確認もしている。巧みなハンドルさばきだった。地理にも詳しい。陳《チャン》は間に数台の車を挟んでいたが、恐らく、相手は気付き始めているに違いなかった。

白い尻は長沙灣道《チユンシヤーワンロード》から界限街《ガイハンストリート》へ入った。三車線の大通り。東西への幹線となる通りの一つである。東の終点は啓徳《カイタツク》空港跡地だ。

そのまま東へと何台もの車を追い抜いて行く。陳も同じようにアクセルを踏み、ハンドルを切る。

「しかし、彼女はどうして連れ去られたんだろう」と、陳は言った。「呉星《ウーシン》、彼女の口から何か聞いていないか?」

「いえ、何も。昨日の男が関係しているのかもしれませんが……」

「彼女が言っていた黒い男か。アパートの通路に現れたという。うん、妥当な線だな」

「俺に考えられるのはそのくらいです」

「でも、その黒い男の正体もまだ分からない」

「起こしますか?」と、呉星が隣の男を示した。

「起きそうか?」

「さあ、どうでしょう」

「呉星、彼女の携帯電話の番号は知っているな」

「はい、もちろん」

「かけてみてくれ。もし彼女が出たら、どこを走っているか教えてやれ。追跡していることも伝わるだろう」

呉星がジーンズの尻のポケットから携帯電話を抜き出した。その姿を陳はルームミラーで確認していた。

その時――ミラーの端に陳は見た。

同じように距離を保ちながら、ぴたりと尾《つ》いて来る一台の車を。

ワンボックスは界限街を外れ、書院道《カレッジロード》へ左折していた。北へ向かって坂が続く一方通行の道だ。

かなり古い茶色のセダン。長沙灣道でも目にした車だった。車種は判別できなかったが、塗装のはげ落ちた特徴的なボディは見間違いようがなかった。

――あの車、尾けているな。

陳はミラーの角度を調整し、その車体をはっきり捉えようとした。ボルボと茶色のセダンの間には二台の車が挟まれていた。はげた茶色がミラーの隅に映っては消える。

陳は先を行くワンボックスを追いながら、フロントウィンドウとルームミラーと、交互に視線を振り続けた。

「今、九龍塘《ガウロントン》の辺りだ――もしもし？　雪ちゃん？　雪ちゃん！」

呉星が叫んでいた。石原雪子が応答したらしい。

「切れました。でも、彼女は無事のようです」

「それは良かった。彼女をさらった男は少しは紳士的なのかな。その男と違って」

陳《チャン》は背後に目をやり、同時にリアウィンドウを睨みつけた。その先には、やはり茶色のセダンがあった。

問題は——と、陳は思う。あのセダンが追っているのは一体どちらの車だろうか。ワンボックスかボルボ。あるいはその両方か？

前方へ向き直った。依然、ワンボックスは北へ移動していた。書院道《カレッジロード》の名の通り、西側には喇沙書院《ラサールカレッジ》のキャンパスがあり、ここはその裏側に当たっている。そのためか、人通りはまばらだ。

——さて、どうする？

陳は頭に地図を描きながら神経を集中させた。

二台の車を同時に停車させる術はないか。可能ならば安全に。

しかし、そんな手段は易々《やすやす》と見つかるはずがなかった。

——多少、強引に行くしかない。

恐らく、ワンボックスはこのまま書院道を進む。その先は、T字路の交差点になっている。ならば、ワンボックスの前へ出て、書院道を塞いでしまえば、身動きは取れないだろう。後方には例のセダンがいる。ボルボとセダンに挟まれる形になり、立ち往生するに違いない。だが、茶色のセダンも危機を察知し、逃亡を図る可能性もある。そうなれば――。

いや、と陳は首を振った。まずはワンボックスだ。石原雪子が先決だ。

陳はその手順を頭の中で再現した。

何とかいけそうだ。人影も少ない。最悪の事態になったとしても、通行人を巻き込むことはないだろう――陳の勘がそう言っていた。

一気に速度を上げた。前方にT字の交差点が見えている。

「呉星《ウーシン》、もう一度、彼女に電話するんだ」

「え？」

「気を付けろ、それだけでいい」

書院道を塞いだ時、ワンボックスが停車せずに、ボルボに突っ込んで来る可能性もあった。陳はそれを案じていた。

交差点は目の前だった。ボルボは急ブレーキをかけ、尻を滑らせ、横腹を見せるようにして書院道を堰《せ》き止めた。サイドウィンドウ越しに覗くワンボックスの白い車体が徐々に大きくなってくる。

「雪ちゃん、気を付けるんだ！」

呉星が叫ぶ。

と同時に、クラクションが派手に鳴り響いた。

「まずい！　呉星《ウーシン》、外に出ろ！」

陳《チャン》は大声を張り上げた。そして、運転席から転がるようにして書院道《カレッジロード》へ降り立った。

その瞬間——。

陳の全身に音の塊が襲いかかってきた。音の瓦礫《がれき》が周囲に飛び散っていた。懸念していたことが現実になった。ワンボックスはブレーキではなく、逆にアクセルを踏み込んだのだ。

陳は顔面を庇うようにして横に飛んだ。その拍子に、したたか地面に脇腹を打ちつけた。爆発のような大音量のあとには、濃い粉塵《ふんじん》と煙が残されていた。T字の交差点に、薄暗い灰色の雲が湧《わ》き立っている。

「呉星！」と、陳は叫んだ。

「大丈夫です！」

雲の向こう側から声が届いた。呉星も無事に脱出できたようだった。

「よし、行くぞ！」

陳は起き上がり、走り出した。両手で宙をかきながら雲の中へと潜って行く。依然として、クラクションが鳴り続けていた。運転手がハンドルに覆い被さっているのだろう。

「呉星、クラクションを止めろ！」

「はい！」

白い車体が目の前にあった。エンジンがいかれているのか、フロントから水蒸気が盛んに噴き出している。

後部ドアを思いきりスライドさせた。がつんと途中で引っ掛かったが、人を出すには十分な空間があった。

陳の眼下で、一人の女性が横になっていた。

「大丈夫かい？」と、陳は声をかけた。

遅れて、反対側の後部ドアが開かれた。こめかみの辺りから血を流した呉星がいた。

「雪ちゃん！」

「大丈夫だ。息もある。心配するな」と、陳は宥《なだ》める。「運転手はどうだった？」

「潰《つぶ》れていて、ドアが開きません」

「生きているか？」

「分かりません。エアバッグは作動しているようでした」

「分かった。その隣の男を降ろせ」

雪子の傍《そば》で、黒ずくめの男が前方へ上半身を折り曲げ、うな垂れるようにして崩れていた。頭部を強打したのか、意識が飛んでいるらしかった。呉星が男の両脇に手を伸ばし、車から引きずり出した。

「陳さん、こいつは呼吸しています」

「よし」

陳《チャン》は一つ頷くと、窮屈そうに倒れている雪子に、「大丈夫かい？」と再び声を投げた。

雪子がまぶたを震わせながら、ゆっくりと目を開いた。

「君が石原雪子さんか。参ったな。こんな形で挨拶することになろうとはね。僕は陳小生《シウサン》という者だ。呉星《ウーシン》から聞いているかな？」

陳はワンボックスに片足をかけ、彼女を抱え上げた。そして、そのまま歩道まで移動した。出血はないが、側頭部の辺りが少し腫《は》れているらしかった。

雪子を地面に降ろすと、陳は着ていたダウンジャケットを脱ぎ、そのまま彼女の首の下に差し込んだ。

雪子の頬を軽く叩いた。彼女が反応を見せるまで「大丈夫かい？」と繰り返した。

その何度目かで、雪子が小さく口を開いた。

「君の名前は？」

「……石原……雪子」

「状況は理解しているかい？」

「……わたし……車で連れ去られて……」

記憶はしっかりしているようだった。

更に確認したが、外傷は見当たらない。一刻を争うような危険はなさそうだった。

「呉星、こっちへ来い！ 彼女についていろ！」

先程まで雲のように巨大だった粉塵は薄く散り始めていた。その中に、呉星が走る影が映っていた。周囲を見渡すと、野次馬の姿がどこからか湧き出していた。

呉星の足音が近づくと、陳はその場から離れた。薄雲の先、もう一台の車へ向かって駆け出した。

茶色のセダン。

ワンボックスのすぐうしろには小型のトラックが止まっていた。追突を避け、慌ててハンドルを切ったのだろう、車体をやや右へと傾けていた。アスファルトの地面には、ブレーキのタイヤ痕がはっきりと刻まれている。ゴムの焦げた臭いが鼻を刺す。

茶色のセダンは更にその後方にいたはずだ。

——いない。

いや、車はある。だが、運転席が空だった。この衝突騒ぎから、歩いて姿を消したらしい。

陳は入念に辺りを見回した。書院道《カレッジロード》の両側の歩道には、野次馬の群れが集まり始めている。その一人一人を射た。しかし、ボルボのルームミラーの隅に覗いた顔はどこにもなかった。

どこへ行った？ まだこの近くにいるはずだ。

再び厳しい視線を散らす。

人垣から、ざわざわと話し声が聞こえる。

しかし、陳《チャン》の周囲だけはしんと静まり返っていた。感覚が研がれている。それが分かる。

——いた。

歩道を南へ戻って行く一つの黒い背中に、何か感じるものがあった。

「待つんだ！　元秋男《ユンチャウナム》！」

例のセダンを運転していた男——それは羅《ロー》から渡された写真に写っていた本人、捜し求めていた元秋男に違いなかった。

「待て！」

男が全速力で走り出した。人垣をかき分け、あるいは突き飛ばすようにして、界限街《ガイハンストリート》へと坂を下っている。

「元秋男！」

陳は車道を駆けながら、その背を追った。

その時——銃声が二発、鳴り響いた。

一転して、書院道《カレッジロード》が凍りついていた。いつの間にか膨れ上がっていた見物人は一様に身を屈《かが》め、黙り込んでいた。

そして一呼吸ののち、車道に向かって雪崩が起こった。逃げ惑う群れが坂を滑り、陳を飲み込んでいく。「ちっ」と、陳は思わず激しく舌を打った。

その隙間から、辛うじて元秋男を捉えた。空へ伸びた右手には拳銃《けんじゅう》が握られている。元秋男が撃ったのだ。二発。上空へ向けて。

書院道から人影が消えた。

すると、元秋男の姿も消えていた。

坂の下には、目を凝らし続けたままの陳が残され、坂の上には、雪子を抱えて跪《ひざまず》く呉星《ウーシン》が残されているだけだった。

陳はゆっくりと坂を上り始めた。

その視界の先には、交差点の奥まで押し出され、無残にくの字に凹《へこ》んだボルボの横腹が見えていた。

## 13　星期四《シンケイセイ》（木曜日）　午前三時

――大丈夫かい？

ひどく穏やかな声だった。その音が石原雪子の耳の奥を温かく痺《しび》れさせていた。

そして、暗い穴の中に光とともに差し込んだ柔和な笑顔――。

二重のはっきりとした瞳《ひとみ》に、やや大きめの鼻。薄くも厚くもない唇は線で描いたように綺麗《きれい》にカーブしていた。若くはなかった。目尻にはしわが刻まれていたし、少し焼けた肌には染みもあった。しかし、その顔立ちにはどこまでも人を落ち着かせる広大さが感じられた。

——陳小生《チヤンシウサン》。

そう名乗ったはずだ。初めて聞く名前だった。いや、先日、呉星《ウーシン》が電話に向かって「陳さん」と口にしていた。文城酒店《マンシンホテル》へ行く直前の自宅でのことだ。「陳」という姓は多い。だが、恐らく同一人物に違いない。雪子はそう思っていた。

ふっとまぶたが開いた。その目に飛び込んできたのは白い天井らしき壁だった。

「お、起きたか」

雪子を覗き込む男の顔があった。先程まで雪子の脳裏にあった陳小生でもなく、呉星でもない。顔の下半分が灰色の髭で覆われた男だった。

「周賢希《チヤウインヘイ》。君を担当している医師だ」と、男が名乗った。

「医師？　あ、あの——」

「ここは病院だよ」

雪子は辺りを見渡した。確かにベッドの上にいた。四方には白い壁。珍しく清潔な個室だった。

そうか。車で連れ去られて、助け出されて——。

「どうしてここにいるか分かるかね?」と、周医師が訊いた。

「分かります。あ、今、何時ですか?」

「木曜日の午前三時だな」

確か、あの一連の出来事は水曜日の夕方だったはずだ。随分と眠っていたことになる。

「念のためレントゲンも撮ったし、頭部のスキャンもした。異常は見られなかったよ。打撲のせいだろう、側頭部が腫れているが、こちらも大したことはない」

雪子は上半身を起こし、こめかみ辺りに手を置いた。いくらか膨らみ、熱を持っている。だが、痛みはなかった。長時間眠ったことで、少し頭がぼうっとしている程度だった。

「どこか痛むかね?」

「いえ、大丈夫です。有難うございました」

一瞬、あの衝撃の記憶が蘇《よみがえ》った。運転席の背面に激しく体をぶつけた——思わず身が固まる。手のひらを握り締める。あれは多分、車が何かに衝突したのだ。雪子は宙へと投げ出された。それでもこの程度で済んだのは運が良かったというしかない。

「今はまだ薬が効いている」と、周医師が言った。「もし、また痛み出すようであれば言ってくれ。今日は一日、ここで休むことだ。明日また様子を見て、痛みがひどくなければ、退院しても構わないよ」

「あの、誰がわたしをここへ？」

「ああ、その記憶はないのか」

周《チャヤウ》医師は白衣のポケットに両手を突っ込み、医師らしくない品のない笑みを浮かべた。

「な、何ですか？」

「石原雪子さん」

「名前はもう知っているんですね」

「ああ。君をここに運んで来た男から聞いているよ。君は日本人？」

「はい、そうですが――」

「ふうん」と、周医師が背後のドアを振り返った。「あの男、日本人が好きだな」

「え？」

「陳小生《チヤンシウサン》だよ。彼が君をここに連れて来た。君はあの男とどういう知り合いだね？」

「いえ、どういうって言われても――」

雪子の脳裏に再び彼の姿が浮かぶ。暗闇《くらやみ》に光を注いでくれた人物。最悪の窮地から救い出してくれた人物。けれど、たったの一度しか顔を合わせてはいない――。

「答えたくなければ別に構わんよ」

「そうじゃないんです。まだ本当に会ったばかりで。お互いにきちんと自己紹介もしていないくらいなんです」

周医師は不思議そうに首を傾け、髭をさすっていた。

「まあ、あとで陳本人に訊いてみよう」

「いえ、ですから本当に――」

「僕に何を訊くって？」

はっとした――あの声だ。

病室のドアが開き、閉まった。

すぐ目の前にあった。先程まで頭の中で描いていた柔らかな笑顔が。

雪子の口が自然と開く。

「あなたが……陳さん？」

「うん。僕が陳小生だ。気分はどうだい？」

彼は周医師の隣に並んで立った。思っていたよりも上背はなく、周医師の方が少し高いだろうか。着用している青いダウンジャケットがひどく汚れていた。袖の辺りが少し破れており、そこから中の白い羽も見えていた。

「大丈夫です。有難うございます」

「そうか、それは良かった」

「あの、あなたがわたしを――」

「呉星《ウーシン》と僕だね。正確に言うと」

「呉星《ウーシン》さん……」

そうだ。呉星が電話をくれた。車を追っているぞとメッセージをくれた。あれでどれだけ気分が楽になったことか。だが、その呉星の姿は病室にない。

「彼は今、店の様子を見に行ってるよ」と、陳《チャン》が言った。「もうすぐ戻って来るんじゃないかな。礼なら僕ではなく、彼にすべきだね」

「おい、陳」と、周《チャウ》が口を挟んだ。「二人はどういう関係なんだ」

「僕とこの石原雪子さんかい？」

「当たり前だ。他に誰がいる」

「彼女は何て？」と、陳が雪子に目をやった。

「会ったばかりだとさ」

「うん、その通りだね。僕と彼女はまだたったの一度しか顔を合わせていない」

「それが事故現場だというのか」

「そうさ」

「ふうん……訳が分からんな」と、周医師は肩を竦めて見せた。「あんた、日本人が好きなんだな。この彼女といい、新田悟といい」

「別に国籍を意識しているつもりはないよ」

「あんたの周囲には訳の分からん日本人が集まるらしい」

「訳が分からないってことはないだろう。彼女もサトルも、君みたいにギャンブルに溺《おぼ》れていないからね。借金もなしだ。僕からすれば、君の方がよほど訳が分からないね。怪我《けが》を見る目はあるのに、馬を見る目はまるでない」

「ふん、言ってくれるな、陳よ。患者の前で説教か」

周医師が気まずそうに、また髭をかいた。

「あの」雪子は二人の間に割って入った。「あの、他の男の人たちは……車の中にいた……」

陳と周医師の顔が曇った。周医師は下唇を嚙み、左の壁に視線を振った。明らかに芳しくないという態度だった。

「じゃあ、ちょっと彼らを診てくるか」

そう言って、周医師はくるりと背を向けた。

「この病院にいるんですか？」

「陳よ、彼女に説明しておいてくれ」

「嫌な役を押しつけるんだな」と、陳が答える。

「あの刑事も含め、あれだけ怪我人を押しつけたんだ。これでちょうど釣り合いが取れるってもんさ」

周医師は雪子に手を振りながら病室を出て行った。陳はその白衣を黙って見送っていた。

「君をさらった連中のことだけど」と、陳《チャン》が扉を見つめたまま口を開いた。「本当に聞きたいかい？」

「はい。一応、心配は……」

「君は優しいな。呉星《ウーシン》が惚《ほ》れるのも当然か」

「はい？」

「いや、何でもないよ」陳がベッド脇のイスに腰かけた。「君の傍にいた男だけどね、車の中で。彼は逃げたよ」

「逃げた？」

「そう。呉星が彼を車から降ろしたんだけれど、あのあと、ちょっとした騒ぎが起こってね。それに紛れてどこかに消えてしまったのさ。まあ、逃げられたってことは大したことないんだろう。で、車を運転していた男は――」

「この病院にいるんですね？」

「君と一緒に運ばれて来た。あの髭の医師に事情を説明して、病室は別棟にしてもらった。はっきり言って、彼の容態は厳しい」

「そうですか……」

「君が心配することじゃないよ、石原雪子さん」

陳がじっと雪子の目を見つめていた。恥ずかしくなるほど真っ直ぐな視線だった。

「な、何でしょう？」

雪子は目を逸らそうとした。しかし、彼の持つ磁力に惹《ひ》きつけられる。赤が滲んだ瞳だった。眠っていないのかもしれない。陳は何度か瞬きを繰り返していた。

「このまま広東語で大丈夫かい？」

「はい」

「石原雪子さん――君は誰なんだろう？」と、陳がおもむろに訊ねた。

問いの意味がまったく分からなかった。

「誰って、どういう……」

「二日前、君の部屋の前に不審な男がいた。それは呉星から聞いている。確かにこの街は決して安全だとは言えない。けれど、頻繁に誘拐が発生するほど危険だとも言えない。なのに、君は連れ去られた」

「……はい」

「君の周りでは何が起きているんだろう」

「……よく分かりません」と、雪子は首を左右に振る。

「それからもう一つ」

陳が人差し指を立てた。そして、ジーンズのポケットに手をやり、そこから一枚の写真を抜き出した。

「書院道《カレッジロード》は分かるかな？　僕と呉星《ウーシン》が君を助け出した場所だ。そこに、この写真の男がいた」

古ぼけた白黒の写真だった。そこには少し俯《うつむ》き加減の若い男が写っていた。じっと目を凝らす。だが、雪子の記憶を刺激するものは何もない。間違いなく初めて見る男性だった。

「これは……誰ですか？」

雪子は何気なく訊いた。しかし、陳《チャン》の次の言葉に息を飲んだ。声を奪われ、目を奪われ、雪子はしばらくの間、ベッドの上で茫然《ぼうぜん》とした。

「この男は――元秋男《ユンチャウナム》」

陳は一語ずつ区切るようにしてゆっくりと告げた。

「……この人が……元秋男」

「そう。もっとも、今から二十数年前の写真だけれど」

「これが……わたしの父親……」

言葉は知らずに日本語になっていた。

陳がぴくりと片方の眉を上げ、「君の父親？」と言った。雪子に合わせてくれたのだろう、陳も日本語だった。

「元秋男が――君の父親？」

「はい……母からそう聞いています」

「うん？　もしかして、君は会ったことがないのかな？」

「ありません。記憶に残っていません」

「そうなのか」

陳は口元に手をやり、ぶつぶつと独りで呟き出した。時に頷き、時に首を傾げる。雪子には分からなかったが、彼の頭の中では様々なことが動いているようだった。

そんな陳の傍で、雪子は四角い写真をぎゅっと握り続けていた。

これがわたしの父親――母の愛した人。

けれど、やはりというべきなのか、特別な感情はさして湧いてこなかった。自分でも不思議なくらい胸に去来するものがない。雪子の心はずっと凪《な》いだままだった。

「――合わないな」

陳がぽつりと言った。

「え？」

「ああ、いや、何でもないんだ」と、陳は笑顔を作る。「石原雪子さん、まずは僕から話をしよう。僕がどうしてその写真を持っているのか気になるだろう」

「はい、それは」

「君が元秋男の娘だと知って、僕もある程度筋が読めてきた。君がどうしてあんなひどい目に遭ったのか、それも説明できるだろう。けれど、それは同時にあまり耳触りの良いものじゃない。予《あらかじ》め伝えておくよ。僕の知る限り、えない。元秋男《ユンチャウナム》という男はとても立派だとは思えない。

陳《チャン》が席を立った。そして、ダウンジャケットのポケットに手を突っ込み、「もし君が」と続けた。

「もし君が聞きたくないと言うのなら、その点には触れずに話すよ。時間が必要ならば、僕は外で待とう」

陳が目で訊ねた。雪子の気持ちは既に決まっていた。

「陳さん――すべてを聞かせて下さい。わたし、本当に父親のことについて何も知らないんです。お願いします」

雪子は陳の視線をしっかりと受け止めた。その思いが伝わったのだろう、彼は「分かった」と一度だけ首を縦に下ろし、再びイスに落ち着いた。

雪子は写真を布団の上にそっと置いた。

それを合図に、陳が語り出した。

久しぶりに聞く、とても綺麗な日本語だった。

## 14　星期四《シンケイセイ》（木曜日）午前六時

陳小生《シウサン》が石原雪子の病室を去ったのは、午前六時になろうという頃だった。淀《よど》みなく語り、雪子の話を静かに聞いたあと、呉星《ウーシン》の到着を待ってのことだった。

呉星は大きな花束を持って現れた。雪子への見舞いかと思っていると、呉星は小さな声で「親父から」と耳打ちをした。同じ大仙《タイシン》病院に入院している羅朝森《ローチウサム》刑事のために、昨日、陳が呉星の父親に頼んでいたものだった。

呉星の気の回らなさに少々呆《あき》れつつ、陳は花束を受け取らずに退室した。さすがに呉星もその意味を理解していた。照れくさそうに雪子に花束を渡していた。

陳はロビーを抜け、駐車場へ向かうスロープを下りた。タバコに火を点ける。数時間ぶりに煙が肺に入っていった。

綺麗な朝焼けだった。街が徐々に朱に染まり始める。その光景を眺めながら、陳はふと既視感に襲われた。そういえば、昨日もこの時間、こうして病院で朝を迎えたのではなかったか。

陳は紫煙を吐き、足を止めた。そうだ、ボルボはない。救急車に乗ってここにやって来たのだ。石原雪子と一緒に——陳は苦笑を漏らし、来た道を戻り始めた。

彼女とは会ったばかりと思えないほど話をした。優しい瞳をしているが、目尻はやや切れ上がり、意志の強さを覗かせていた。その一方で、置かれた状況への適応力は高そうだった。あのような恐怖を経験した翌日だというのに、態度はかなり冷静で、客観的でもあった。そしてまた、流暢な広東語にも驚かされた。

雪子はよく喋り、よく質問を投げた。陳《チャン》はできる限り正直に答えてやった。もちろん、羅《ロー》刑事の情報屋から聞いた二十一年前の事件のことも――。

元秋男《ユンチャウナム》。

陳は写真の顔を思い浮かべ、昨日、書院道《カレッジロード》で見かけた姿と重ね合わせた。が、上手くはまらなかった。その原因は二十一年という時間だった。彼はその間、どこでどう過ごしてきたのか。

雪子に語らなかったことが二つあった。

一つは、雪子をさらったもう一人の男について。呉星に取り押さえられ、追跡するボルボの中で横たわっていた人物である。書院道での衝突の際、彼は車に残されたままだった。即死だった。

もう一つは――雪子の年齢と元秋男の失踪《しっそう》時期の齟齬《そご》についてだった。

陳はタバコを投げ捨て、更にもう一本、火を点けた。陽が昇り始めているとはいえ、まだ夜の冷気が辺りに留まっている。タバコを挟んだ指が微かに震えていた。

　昨日、雪子を病院に運んだあと、空いている病室を借り、陳は少し仮眠を取った。しかし、頭はすっきりとしなかった。この朝焼けのように澄んではおらず、薄い靄《もや》がかかっていた。ニコチンの力では靄を消し去ることができないようだった。

　半分ほど灰にしたところで、携帯電話に着信が入った。文城酒店《マンシンホテル》のフィデルからだった。

「陳さん、お早うございます」

「やあ、フィデル」

「今、構いませんか？」

「もちろん」

　フィデルはいつものように快活な声を響かせた。

「ああ、まずはお礼を。昨日は有難うございました」

「そうか。酒店で眠ったのは昨日だったな」

「ええ。今日も来られますか？　飲茶《ヤムチャ》のご用意は？」

「いや、それはいい」

　時間の感覚が少し曖昧《あいまい》だった。陳は昨日の早朝も、ここでフィデルと電話で話した。先程感じた既視感は現実のことだった。まさしく昨日の再現だった。

「それで？」と、陳は先を促す。

「ああ、例の男性が酒店に来ました。封筒を受け取りに。一応、報告をと」

羅《ロー》刑事の情報屋のことだった。彼には昨日、文城酒店《マンシンホテル》のフィデルを訪ねるよう伝えてあった。そして酒店を出る際、陳《チャン》はフィデルに情報料の入った茶封筒を渡しておいたのだった。

「ですが、礼も言わずに、そそくさと帰って行きましたよ」と、フィデルが口調を荒らげた。

「情報屋は総じてそういうものさ」

携帯電話を握る指が固まり始めていた。食欲はなかったが、熱い咖啡《コーヒー》が飲みたかった。陳は病院の表通りへ出て的士《タクシー》を拾った。こんな早朝からも看病や見舞いにやって来るのだろう、すぐに一台の車が止まった。陳が乗り込むなり、運転手は目を丸くした。

「どうしたの？　その服、ボロボロだけど」

肩まで髪を垂らした若い男だった。

「うん、ちょっとね」

「喧嘩《けんか》でもしたの？　だから病院に？」

「まあ、そんなところかな」と、陳は受け流す。

「へえ、やるねえ」

運転手は蛙《かえる》のような濁った声で笑いながら、長い髪をかき上げた。

「この辺りでどこか、熱い咖啡を飲める店はないかい？」

「お、洒落《しやれ》た行き先だね」

どこがどう洒落ているのか分からなかったが、彼は何故か楽しそうだった。

「この時間だからなあ」運転手がアクセルを踏んだ。「確実なのはファストフードだけど」

「それでいいよ。味よりも熱が欲しい」

「いいね、それ。今度おれも使ってみようかな」

彼の言葉に重なるように、陳の携帯電話が鳴り出した。例の情報屋かと画面を見ると、仲間の一人である新田悟からだった。

「お早う、サトル」

「相変わらず、どんな時間でも応対に出るな」

「これも仕事のうちさ。それで？」

悟の口調はきびきびとしていた。起床してシャワーを浴び、それこそ熱い咖啡を味わったあとの電話に違いなかった。

「羅刑事が撃たれたそうだ」と、悟が言った。

「火曜日の夜のことだね」

悟は少し驚いたような間を作り、「さすがだな」と続けた。

「俺がわざわざ知らせるまでもなかったか」

「いや、今回はちょっと特殊でね。僕がその羅刑事を助けに行ったんだよ」

「何だって？　あんたが助けた？」

「うん。更に言うと、病院にも運んだ」

「それは――」と、悟が声を落とす。「あの写真が関係しているのか？　あんたが俺に渡した白黒の」

「そうだね。原因はそこにあるのかな」

「分かったのか？　あの人物が誰か」

「分かったよ」

陳《チャン》は間髪入れずに答えた。悟はまたそこで間を取り、「さすがだな」と繰り返した。

「やはり、あんたは陳小生《シウサン》だ。では、俺はもう気にかけておく必要はないんだな？」

「うん、まあね。ところでサトル、今、自宅かい？」

「ああ」

「よかったら、これから飲茶《ヤムチャ》でもどうかな。そっちへ行くよ」

「せっかくだが無理だ。これからお客に商品を届ける」

スリの被害に遭った観光客に、その盗品を返しに行く。悟はそう言っているのだった。

「そいつは残念だ。でも、こんなに早くに？」

「今朝の便で帰国するそうだ。タイムリミットに間に合った」

「そうか。ならばサトル、商品を届け終えたら、羅《ロー》刑事の見舞いに行ってくれよ。大仙《タイシン》病院だ」

「俺が見舞いに？　それは命令か？」

「だから、僕はその言葉が嫌いだと言っているだろう」

「冗談だ」と、悟が鼻を鳴らした。「行こう。周《チヤウ》医師にも久しく会っていない」

「そうしてくれ」

そこで電話を切ろうとすると、悟が呼び止めた。

「陳、一つ思い浮かんだことがある」

「何のことだい？」

「あの白黒の写真だ。あの日、俺が事務所を出る時、あんたは訊ねた。この写真の男、誰かに似ていると思わないかと」

「ああ、訊いたね」

羅から写真を渡された翌日、火曜日の夕方のことだった。

「あんたの答えと一致するかどうか分からないが――」

「うん、誰だろうか」

「写真の男――どことなく、玲玲《レンレン》に似ているような気がする」

「何だって？」

陳は思わず声を上げた。運転手も釣られて反応し、アクセルを緩めた。

まったく予想外の名前だった。ダウンジャケットのポケットから写真を取り出す。病室で石原雪子に見せたものは彼女にやった。その予備だった。

「あんたの思っていた人物と違ったか」

悟の言葉を聞きながら、陳《チャン》は改めて写真を眺めた。

玲玲《レンレン》――三年前、十五歳で亡くなった少女。

先日、陳は維多利亞灣《ヴィクトリアハーバー》の沖で彼女のために花を手向けたばかりだ。

「俺は彼女と直接顔を合わせたことはない」と、悟が言った。「俺は彼女の遺影しか目にしていない。つまり、どちらも写真でしか知らない」

玲玲が亡くなった時、悟はまだこの地に来たばかりだった。それを無理矢理、葬儀に出席させた。

なるほど、と陳は思う。

写真では収めきれない想いが自分の胸に残り過ぎているのかもしれない――。

「あんたは玲玲と近過ぎた。だから、頭に浮かばなかったのかもな」

「うん、サトルの言う通りだ」

玲玲はとても愛くるしい顔をしていた。しかし、その愛嬌《あいきょう》はひどく危ういバランスの上に成り立っていた。自らの境遇を理解し、受け入れようと彼女は努めていた。けれど、十代の精神では追いつかず、その不満や苛立ちや、あるいはある種の諦《あきら》めのようなものが、その顔に表れていた。と同時に、それが何ともいえない魅力ともなっている少女だった。

そうだ——そんな剣呑《けんのん》な匂いが元秋男《ユンチヤウナム》にもある。

「余計なことを口にしたようだったら忘れてくれ」

悟はそう言って、電話を切った。

陳は携帯電話を手にしたまま、写真をしばらく見つめ続けた。

元秋男が持つ危うく険しい均衡が——石原雪子には感じられなかった。

やはり、あの父娘《おやこ》には血のつながりがないのだろう。

「お客さん、着いたぜ」

運転手の声に、陳はふと我に返った。

「麥當勞《マクドナルド》だけど、どうする？」

「ここでいいよ」

陳は料金を支払い、的士《タクシー》から降りようとした。その時、にやけ顔の運転手が後部座席へ体を乗り出し、「味より熱を楽しんでよ」と投げて寄越した。

「気障《きざ》な台詞だな。鼻につく」

ぽかんと口を開けた運転手を残して、陳は的士を離れた。

陳は熱い咖啡を頼み、一階のカウンター席に腰を落ち着けた。目の前はガラス壁になっており、その向こう側で冬の一日が始まろうとしていた。通勤途中のスーツ姿が多い。その光景を何気なく目で追い続ける。陳《チャン》は知らず、元秋男《ユンチャウナム》の影を捜していた。

書院道《カレッジロード》で見失ってしまったが、彼は今、どこに身を潜めているのか。やはり、娘の自宅周辺だろうか。雪子自身、自宅の通路で見かけた黒い男は元秋男に違いないと語っていた。彼女が連れ去られた時も、追跡するボルボのあとを尾けて来た。それはつまり、あの時、深水埗《サムソイポ》にいたということだ。娘のアパートをずっと見張っていたということだ。

その娘が今、大仙《タイシン》病院にいることを彼は知っているのだろうか。もう突き止めているのだろうか。

そしてそこには――羅朝森《ローチウサム》もいる。

二十一年前、元秋男は羅を山頂《ピーク》に置き去りにし、あっさりと裏切った。病院で張っているべきだったろうか？

陳は熱い液体を喉へ流す。遅れて微かな苦味が鼻を抜けて行った。

元秋男が羅と対面したならば、どうなるだろう？

二十一年ぶりの再会は銃と弾丸で歓迎された。

次に再会したならば、それ以上の何かが残されるかもしれない。

そう、例えば――どちらかの死。

陳はまぶたを閉じ、目頭を丹念にさすった。

最悪の事態は避けねばならない。だが、二人は絶対に再度の再会を果たす。元秋男が望まなくとも、羅は必ず彼を追う。追い続ける。

陳はぐしゃりと紙コップを握り潰した。咖啡が指の隙間から零れ落ち、陳の手と腿《もも》を濡らした。

テーブルから黒い液体がぽとりと落下する。

陳にはそれが血のように思えて仕方なかった。

携帯電話が鳴った。

陳の直感が危険信号を発していた。肌に痺れが走り、体温が一気に上昇する。

周《チヤウ》医師からだった。

「おい！　あんたが逃がしたんじゃないだろうな！」

彼はいきなり怒鳴り声を響かせた。

「どういうことだ？」

「消えたぜ――あの刑事が」

更に紙コップを潰す。陳の足元には黒い水溜《みずたま》りができていた。

「薬漬けにしてやったのに、なんて男だ」

陳は店を飛び出した。

――二人はどこで会う？

自身に問いかけた。

返ってくる答えは一つだった。
二十一年前のあの場所。この一連の出来事の発端となった場所。
太平山頂《ヴィクトリアピーク》しかなかった。

# 初冬――過去――

いつの間にか眠っていた――。

振動のせいだろう、二時間も車に揺られていると、ついつい秋男《あきお》のまぶたは落ちてくる。

「寝ていいんだぞ」

運転席でハンドルを握る小西秀春《こにしひではる》が低い声で囁《ささや》いた。秋男の父だった。

しかし、秋男は今日、できるだけ我慢するつもりだった。ずっと起きたままでいよう、そう思っていた。

何故《なぜ》なら、秀春の様子が少しおかしかったからだ。秀春は車に乗る前から、どこかそわそわしているように見えた。落ち着きがなく不安げで、目にしたことのない秀春の姿がそこにあった。

「父さん、どこ行くの？」

助手席に座った時、秋男は訊《き》いた。だが、秀春は何も答えなかった。黙ったままエンジンをかけ、車を走らせた。いつもより速度も出ているだろうか。こんな夜遅くにドライブに出かけることも初めての経験だった。

「父さん、急いでいるの？　スピード出し過ぎじゃない？」

秋男は恐る恐る訊《たず》ねる。また、何も返事はなかった。秀春はじっと前を見つめたまま、顔を強張《こわば》らせていた。

車は国道九号線に入っていた。もう夜の十一時に近い。走っている車も数えるほどだ。窓の外は暗く、景色は黒く塗り潰《つぶ》されている。どこに向かっているんだろうと不思議に思っていたが、何となくいつものコースのような気がしていた。カーブや坂道など、秋男の記憶や感覚にあるものだった。

——ああ、海に行くんだな。

そう思った途端、あの眠気が襲った。

「寝ていいんだぞ」

秀春の声を耳にし、秋男はそこでいつものように眠ってしまったのだった。

肩を揺らされているような気がした。

秋男はぼんやりと目を覚まし、助手席で大きく伸びをした。

「着いたの、父さん？」

「いや、まだだ」

「ここ、どこ？」

「まだ、園部《そのべ》の辺りだな」

「今日はここで終わり？　これから家に戻るの？」

「……戻らないよ」

秀春はそれだけを言うと、左に方向指示器を出した。先の方に大きな光が見えていた。いつも立ち寄る大きなスーパーマーケットだった。

秀春と秋男のドライブは大抵の場合、陽《ひ》のあるうちだった。だから、秋男は今日初めて夜のマーケットを目にした。

驚いた。こんなに明るい光を見たことがない。まるで、きらきらと輝く光の島のようだった。秋男は窓に額をつけ、じっとその光の塊を眺めていた。

「秋男」と、秀春が言った。「何か欲しいものあるか？」

「え、買ってくれるの？」

「何でもいいぞ。欲しいもの買ってやるから」

そう言って、秀春は微笑《ほほえ》んだ。

その時、マーケットの灯《あか》りが窓から差し込み、一瞬、秀春の顔を照らした。

秋男はびっくりした。秀春が泣いているように見えたのだ。細くカーブした目が濡《ぬ》れていて、そこから一粒、涙が落ちたように見えたのだった。

勘違いだろうか？　秋男は首を傾《かし》げながら、再び窓の外に目をやった。道路にはそれほど車が走っていなかったが、マーケットには多くの車と人が集まっていた。皆、寒そうに体を縮ませて歩いている。

十月末の夜——。

秋男は長袖《ながそで》のトレーナー一枚という格好だった。加えて、暖房の効いた車の中にいるため、うっすらと額に汗もかいていた。

「何でもいいの？」

秋男は助手席から飛び跳ねるようにして、後部座席に置いたスキージャケットを取った。秋男の頭の中は既にたくさんの菓子やケーキで一杯になっている。秋男はスキージャケットを着て、今にも外に飛び出す準備を整えた。

車は人だかりを通り過ぎ、駐車場の奥へと進んで行った。賑《にぎ》やかな灯りが後方へ流れ、小さくなる。

「父さん、入り口が遠くなっちゃうよ」

車が止まったのは駐車場の外れの方だった。灯りの届かない暗がり。駐車場の出口の辺り。周りには一台の車もなかった。ぽつんと忘れられたように、秀春の車だけがあった。

「秋男、お前は車から降りるなよ」

「え？」

助手席のドアを開けようとした秋男の肩を、秀春がぐいっと引き戻した。

「父さんが買ってくるから。お前はここで待っているんだ」

「そんな、ぼくも行きたい！」

「駄目だ。その代わり、お前の欲しいもの全部買ってやる」

「ぼくも行く。行って選ぶよ」

「お前は何度もここに来ているだろう？　だから、お店の中は大体分かっているはずだ。欲しいものを言ってみろ」

「だから、ぼくも行くって！」

「外はとても寒いんだ。風邪をひく」

「風邪なんかひかない！　暖かいジャケットだってあるんだよ。これ、父さんが買ってくれたんじゃないか」

秋男は胸を張り、黄色のスキージャケットを指で摘《つま》んで見せた。二日前に秀春が買ってくれたものだった。

「二ヶ月も早いけれど、クリスマスプレゼントだ」

そう言って、秀春は大きな袋を秋男に渡したのだった。着てみると、秋男には少し大きかった。秀春は困ったような顔をして、「なに、すぐに大きくなる。年が明けたら、ぴったりになってるよ」と、秋男の頭を撫《な》でた――。

「こんな寒い夜のために、このジャケット買ってくれたんでしょ？　風邪をひいたらいけないからって」

「ああ……」

「ぼくも行くよ」

「駄目だ」

「だって、このジャケット着るの、今日が初めてなんだ。これを着て外を歩きたいんだよ」

秀春は少し俯《うつむ》き、ハンドルを固く握り締めた。

「駄目だ……何が起こるか分からない……」

「え？」

「ここにいるんだ。絶対に外に出るな。絶対にだ」

そう言うなり、秀春は運転席のドアを開けた。そして、外からロックした。秀春は何度も辺りを見回していた。それは店に入るまで繰り返された。

ついて行こうと思えばできた。車内からロックは外せるし、その方法を秋男は知っている。しかし、秀春の言葉が気になっていた。

何が起こるか分からない――。

一体、何が起こるというのだろう？　海まで行って戻って来る、ただそれだけじゃ――急に寒気を覚えた。車が止まれば、暖房も止まる。温かい空気がどこかへ吸い込まれて行ったようだった。秋男はジャケットのファスナーを首まで上げた。

と、車に向かって走って来る影が見えた。その形は秀春に間違いなかった。左の脇に何か大きなものを抱え込んでいる。それでも、秀春はあっという間に車に辿《たど》り着いた。かなり急いでいるのか、秀春は助手席のロックを外すと、秋男に向かって慌ててビニール袋を投げた。

「食べるのはあとだ」

秀春が運転席に滑り込み、素早くエンジンをかけた。そして、急発進した。その拍子に、秋男の膝《ひざ》にあった袋から、何本かの缶ジュースが転がり落ちた。

「急がないでよ！　父さん」

秋男がジュースを拾おうと体を屈《かが》めると、秀春が左手で制した。

「あとにするんだ。今はしっかりと座っていろ。スピードを出すぞ」

「え、そんなの危ないよ」

「ベルトを締めるんだ」

車は駐車場を抜け、重たいエンジン音を響かせながら国道に戻った。秀春は更にスピードを上げた。振動が激しくなり、シートが揺れ始める。

「ねえ……どうしたんだよ、父さん？　何をそんなに急いでいるのさ」

「急がなきゃいけないんだ」

秀春はじっと前方を睨《にら》みつけ、震える両手でハンドルを握っている。

「え、どうして？」

「どうしてもだ」

「海に行くんでしょ？　そんなにスピード出さなくたって、海は逃げないよ」

「……逃げなきゃならないんだ」

「え？」

「とうとう来た……尾行を撒《ま》かないと……」

秀春はハンドルを一度叩《たた》き、ぐっと黙り込んだ。

秋男は何も言葉が出てこなかった。一度に多くのことが起こり過ぎて、訳が分からなかった。

——とうとう来たって何が？　尾行ってどういうこと？

秋男は秀春の横顔をじっと見つめた。

「……ごめんな」

その視線に気付いたのか、秀春は秋男を見ずに謝った。それから大きく一度息を吐き、絞り出すような声でぽつりと言った。

「秋男……父さんを許してくれ」


若狭湾《わかさ》――目的地はいつもと同じだった。

秋男の大好きな場所。大好きな景色。太陽がきらきらと波に反射して、海全体が踊っているように見える。秋男と秀春はいつも海岸の岩場に座り、海を眺めた。少し濡れた風が秋男の頬《ほお》に当たる。

「潮風はそういうものなんだよ。街の風と違うんだ」と、秀春が言った。

「ねえ、海の向こうには何があるの？」と、秋男は訊《たず》ねる。

「秋男の行ったことのない国があるよ」

「父さんは行ったことがあるの？」

「ああ、あるな」

二人はそのような会話を何度も繰り返した。その度に秋男は、行ったことのない国はどんなところだろうと想像した。

日本と違っているのだろうか？　どんな人たちが住んでいるのだろうか？

秋男がそんな話をすると、秀春は楽しそうに笑った。

「秋男が大きくなったら行ってみればいいさ」

「うん。ぼく、大きくなったらこの海の向こうに行ってみる」

そう言って、秋男は若狭湾の遥《はる》か先を指差した。

だが――。

今日は違った。外は真っ暗だった。遥か先どころか、目の前の海岸すら朧《おぼろ》げだった。

「海、見えないね、父さん」

「ああ。でも、大丈夫だ」

秋男と秀春は車から降りた。途端に湿った冷たい風が顔を叩く。痛いほどの潮風だった。秀春が空を見上げた。秋男も同じく空を見る。満天の星の中に半月が浮かんでいた。手を伸ばせば届きそうなほどに澄んでいる。

「星に触れそうだね」

「冬の空は星が近いんだよ」

秋男は秀春に抱え上げられ、車の屋根に座った。

「どうだ、秋男。星をつかめるか?」

思い切り右手を伸ばしてみる。その時、秋男はふと思った。父さんはこの夜空を見せたくて、ここに来たのだろうか?

目が暗がりに慣れ始めた。夜空の星と月が海に落ちている。あのマーケットほどの光はないが、それでもぼんやりと海が広がり始めた。

「ねえ、いつもの岩場まで降りてみる？」

「いや、今日はよそう。暗くて足元が危ないからな。海も少し荒れているみたいだ」

「確かに今日の波の音は凄《すご》いね。怖いくらいだ」

「冬の海は波が高いんだ。秋男、大きくなってここを渡るんだったら気をつけるんだぞ」

「そうだね。冬に船には乗らないよ」

秋男は車の屋根から飛び降りた。かじかんだ両手に息を吹きかけ、スキージャケットのポケットにその両手を入れて温めた。

「これからどうするの？　家に帰る？」

秋男が何気なく訊ねると、秀春は海に向かって何か呟いた。聞き取れないほど小さな声だった。

「ん、何て？」

「……帰らないよ」

「え？」

「家には帰らないんだ」

「え、帰らないの⁉　それどういうこと？」

秋男はびっくりして大声を出していた。

「ねえ、どういうこと⁉」

秀春の黒いジャンパーの裾《すそ》を引っ張りながら、秋男は何度も訊き返す。

「――旅行だよ」

「え?」

「これから旅行に行くんだ」

「ちょっ、ちょっと待ってよ。そんな急に!」

秋男はまた驚いた。

旅行? 思ってもみなかった。何の準備もしていない。着替えや歯ブラシどころか、鞄《かばん》一つすら持って来ていないのだ。

が、その一方で、少し安堵《あんど》してもいた。秀春が口にした「家に戻らない」という意味が分かったからだった。

秋男は少し口を尖《とが》らせる。それならそうと教えてくれたら良かった。初めての夜のドライブももっと楽しめたはずだ。秀春の様子を心配したり、車のスピードに怖がることもなかった――。

「そうか、明日は土曜日だもんね。嬉《うれ》しいよ、父さん。二人で旅行に行くなんて初めてだ」

「さあ、宿へ行こう。このままここにいたら風邪をひいてしまうな」

秋男と秀春は車に戻った。エンジンがかかり、温風がゆっくりと車の中を回り出す。潮風に強張っていた秋男の頬が解け出した。

とてもよく晴れていた。部屋に一つだけある窓から太陽が差し込んでいる。もう正午を過ぎていた。秋男は布団から起き出すと、大きく背伸びをした。窓から海が見えた。若狭湾だった。

窓を開けた。冷たい風が一気に部屋の中に流れ込んで来る。潮の香りが微《かす》かにした。秋男はその風の中で何度も深呼吸を繰り返した。

ふと見ると、秀春の姿がなかった。六畳ほどの部屋。窓側の端にテレビがあり、その前に小さなテーブルが置かれている。

テーブルの脇には大きな鞄が一つ横たわっていた。昨晩、宿に入る際、秀春が車のトランクから取り出したものだった。中はぎっしりと詰まっており、着替えも歯ブラシもタオルもすべて揃《そろ》っていた。秀春が事前に用意していたらしい。数週間ほどの旅ができるくらいに。

秋男は海を眺めながら、昨晩のことを思い出していた。

部屋の中央に並んだ二つの布団。その布団に包まれながら色々な話をした。この旅のことはもちろん、学校のこと、友達のこと。秀春は「そうか、そうか」とずっと笑って聞いていた。

マーケットで秀春が買ってきた菓子を秋男は食べ続けた。いつもならば怒られるはずだが、秀春は何も言わなかった。

そのせいか、少し食べ過ぎたようだった。満腹になったのだろう、知らず、眠ってしまっていた。風呂《ふろ》にも入らず、歯も磨かなかった。

「秋男、起きたのか」

その時、秀春が部屋に戻って来た。

「うん、朝寝坊だね」

「よく眠れたか」

「ぐっすり」

「秋男も風呂に行くか？　昨日、入らずに寝てしまっただろう。父さんも今から入るところだ」

「なんだ、父さんもそうだったの」

「ああ。秋男が眠ったあとすぐに寝たよ」

階段を降りて左側の通路を行けばトイレと風呂がある、と秀春が言った。

秋男は例の大きな鞄を開け、タオルと着替えを持って、秀春と一緒に部屋を出た。細い通路が階段に向かって伸びている。そこには両側に二つずつ扉があった。どれもまったく同じ形をしている。この宿の二階には四つの部屋があるようだ。

決してホテルとは呼べないような宿だった。秋男はその外観を目にした時、正直なところがっかりした。自分の家とあまり変わらない。秀春は「民宿だよ」と言っていたが、まるで友達の家に遊びに来ているような感覚だった。

それでも、やはり嬉しかった。秀春との旅行は楽しい。二階の残りの部屋には宿泊客がいないらしく、二人だけが何かしら別世界にいるような気にもなった。

綺麗《きれい》にタイルが張られた大きな風呂だった。

誰もいない。秋男は迷わず浴槽に飛び込んだ。飛沫《しぶき》が上がり、湯が溢《あふ》れる。

「危ないぞ」

秀春が柔らかく注意したが、その顔は終始にこやかだった。

秋男は心行くまで泳ぎ、浴槽の端から端へ何度もターンを繰り返す。今日は土曜日。旅行は多分、明日で終わりだ。月曜日からはまた学校が始まる。それを思うと、ひどく残念でならない。

秀春は京都市内のビル清掃会社で働いていた。月曜日から金曜日まで、毎朝八時に家を出て、夕方の六時に戻って来る。時計のように正確だった。

疲れているのか、秀春は浴槽の中でじっと目をつむり、体を休ませていた。秋男が泳ぎ回っていても気にしていない様子だった。

「父さん、大丈夫？」と、秋男は訊いた。

「大丈夫って？」

「何だか疲れているみたいだから」

「ああ、違うよ。ちょっと寝過ぎたから、まだ頭がぼうっとしてるんだ」

「父さんも泳ぐ？」

「いいよ、父さんは。秋男、風呂を上がったら昼ご飯にしよう」

そう言って、秀春は湯船の中で何度も顔を洗った。


また食べ過ぎたようだった。昨夜、布団の中で菓子を食べた上に、秋男は今日の昼食も満腹になるまで箸《はし》を動かした。それくらい美味《おい》しい料理だった。

「若狭湾で獲《と》れた鰆《さわら》だな」と、秀春が言った。

鰆は皿からはみ出すほど大きく、また新鮮だった。焼いたばかりだったのか身に弾力があり、嚙《か》む度に甘い香りがした。

卵焼きに味噌汁《みそしる》、お漬物。普段、秋男が家で食べるメニューと大体同じだった。だが、味はどれも全然違った。秀春が作るものより美味しい。この宿の人は料理が上手《うま》いのだな、と秋男は思う。結局、二杯もご飯を平らげた。

そこからは昨晩と同じだった。いつの間にか眠くなり、知らないうちに寝てしまった。風呂にも入ったばかりで、気持ち良くなったこともあるのだろう。

気付くと、秋男はまた布団の中にいた。窓から入る太陽の光が弱まっている。

「父さん、今、何時？」

「夕方の四時を回ったところだな」

「え？　もうそんな時間なの！」

せっかくの旅行がと秋男はがっかりした。そして自分にも腹が立った。このままでは眠るために旅行に来たようなものではないか——。

「ねえ、これからどこか出かけようよ」

「これから？　もう暗くなるぞ」

「分かってる。でも、布団の中ばっかりだもん。外に出たいな」

「景色も何も見えないぞ」

「それでもいい」

「明日の朝、出るのはどうだ？　もうすぐ日が暮れる。今日は昨日の続きをしよう。ほら、昨日の夜、話をしたまま寝てしまっただろう？　その続きを父さんとしよう」

秋男は迷った。旅行らしいこともしたいが、秀春と二人でずっと話しているのも楽しい。

秋男は腕を組んで考えた。

ドライブをしながら話せれば一番良い。しかし、秀春はあまり外に出たくないようだった。昨日の運転で疲れているのかもしれない。せっかくの休日であるから、ゆっくりしたいのかもしれない。

分かった、秋男がそう答えようとした時、部屋の外で電話が鳴った。階段付近に設置された電話機だろう。

秀春が慌てて部屋を出て行った。

秋男は少しだけ扉を開け、秀春の様子を窺《うかが》った。通路から声が漏れてくる。はっきり聞こえないが、秀春は「ええ、ええ」と壁に向かって頷《うなず》いていた。

その横顔が何故か怖かった。秋男は思わず目を逸《そ》らす。

その後も秀春はしばらく電話で話し続けていた。ただ、秋男には何を言っているのか分からなかった。聞こえなかったのではなく、言葉そのものが理解できなかったのだ。

秋男は急に不安になり、頭から布団の中に潜り込んだ。

きっと何か悪い電話だったのだ――秋男は両手で耳を塞《ふさ》いだ。

秀春が部屋に戻って来た。

秋男は布団の中からゆっくりと顔を出した。

秀春はじっと窓の外を見つめていた。「何?」と秋男が訊いても返事をしない。ぴくりとも動かない。苦しそうな顔で扉の辺りに突っ立っていた。

「……私のせいだ」

　突然、秀春が膝《ひざ》を折った。畳の上に膝立ちになり、うな垂れている。秋男は慌てて布団から出て、傍《そば》に駆け寄った。

「どうしたの？　何が父さんのせいなの？」

　秀春がはっとしたように頭を上げた。

「……そうか、秋男、この部屋にいたんだったな」

「何を言ってるのさ。ぼくはずっとここにいるよ」

　秀春が秋男の頭を撫でながら笑った。力が抜けてしまったような笑顔だった。

「ねえ、どうしたのさ？　さっきの電話、何だったの？」

「秋男――いつか海の向こうに行きたいって言ってたな」

　秀春に両肩をつかまれ、引き寄せられた。秀春の目が秋男のすぐ前にあった。

「うん、言ったよ」

「行くんだ」

「え？」

「海の向こうに行くんだ――明日の夜」

「明日の夜？」

「そうだ」と、秀春が頷く。

「行くって、どうやって？」

「船だ。その船が明日ここに着く」

「ちょ、ちょっと待ってよ、父さん。急に言われてもさ——」

「嫌か？」

「嫌とかそういうことじゃなくて」

「嬉しくないか？」

「嬉しいよ。海の向こうに行ってみたいと思うよ。でも、そんな準備なんてしてないし困るよ。行くんなら、もっとちゃんと調べておきたいしさ。船のことだとか、海の向こうのことだとか。それに明日って、すぐに戻って来られるの？」

「……いや、無理だ」

「学校はどうするのさ。父さんだって仕事があるじゃないか」

秋男はまるで訳が分からなかった。何を言っているのだろうと不思議に思うばかりだった。

「——でも、行くんだ。行かなきゃいけない」

秀春が力強く続けた。

「どうしてさ」

「秋男が危険にならないように」

「ぼくが？」

「ある人が船でやって来る。お前を迎えにやって来る。いいか、秋男。これからは、その人が父さんの代わりになる」

「父さんの……代わり？」

「そうだ。ちゃんと言うことを聞くんだぞ」

「ちょっと待ってよ。よく分からないよ。だって、父さんも行くんでしょ？」

秀春がじっと秋男の目を覗《のぞ》き込んでいた。その目に蛍光灯が反射し、きらきらと濡れている。

「父さんは……行かない」

「え⁉」

「お前一人で行くんだ。海の向こうに」

「ぼく……一人で？」

「そうだ」

「そんな、海の向こうってどこにさ！」

秋男は大声を出していた。秀春の肩をつかみ、思い切り握った。秋男の指が少しだけ秀春の肩に食い込む。

秀春は黙っていた。黙ったまま、秋男の目をずっと見つめていた。
秋男は秀春の肩を揺すり続けた。何度も、何度も――。
何分間か、何秒間か分からない。
だが、とても長い時間、そうしていた。
そして、秀春は言った。
「秋男、お前はこれから――海の向こうで暮らすんだ」

## 晩冬――現在――

15　星期四《シンケイセイ》（木曜日）　午後十一時三〇分

「おい、眠ってる場合じゃねえぜ。余裕だな」

運転席に座った羅朝森《ローチウサム》が、坊主頭をかきながら唇を歪《ゆが》めた。

「起きていますよ。眠れる訳がありません」

元秋男《ユンチャウナム》は前方を向いたまま答えた。

「ふん、そうかよ。お前が情報を流したのか？」

「いいえ、違います」

「お前、分かってるんだろうな」

「分かっていますよ。これが連中の罠《わな》だってことは」

深夜前の午後十一時三〇分。車は山頂道《ピークロード》を走っていた。驚くほどくたびれたセダンだった。羅の愛車らしいが、秋男は目にした瞬間、不安を覚えずにいられなかった。これで山頂《ピーク》まで辿《たど》り着けるのかと。

だが、そんな秋男《チャウナム》の顔をよそに、迎えにやって来た羅《ロー》は簡潔に、「乗れ。禁煙だ」と命じるだけだった。

羅は数時間前に会った時と同じ格好をしていた。ジャケットにチノパンツ。少々薄着に映る。しかし、彼は震え一つ見せず、不敵な表情を浮かべていた。車内の暖房も動いていなかった。

秋男は助手席に座り、ジャンパーのポケットに両手を突っ込んでいた。閉め切った窓に、十二月の夜気が張りついている。指でガラスをなぞれば、切れそうなほどに冷たい。

「――逆ですね」と、秋男は言った。

「はあ？」

「二十一年前は私が運転していた」

「そうだな」と、羅が頷《うなず》く。「山頂に置き去りにされるのも逆だぜ」

「はい――覚悟はできていますよ」

羅がハンドルを操りながら、ちらりと秋男に視線を振った。双眸《そうぼう》には爛々《らんらん》とした光を宿している。

「ふん、何て顔をしてやがる」

「こんな顔にしたのはあなたでしょう」

「たった二発、殴っただけだぜ」

「あなたは自分の腕力を過小評価し過ぎです」

秋男は左の頬《ほお》に手をやった。指先が触れただけでも激しく疼《うず》き出す。羅に殴り倒されたのはほんの三時間ほど前のことだ。腫《は》れが治まるどころか、顔面はますます熱を溜《た》め込んでいた。

「この取引はガセなんだな？」

羅が前方を睨《にら》みつけた。山頂道《ピークロード》に他の車はない。

「ええ。私を釣るために組織の連中が撒《ま》いた餌《えさ》でしょうね」

「オレは最初、頭から信じてしまったよ。お前が戻って来たのはそれが狙《ねら》いだと思っていた。何せ、二十一年前の再現だからな」

「分かります。ですが、今回は順序が逆です」

「ああ。お前が戻って来たことを知って、それから奴らが取引の噂《うわさ》を流した」

「はい。連中も羅さんと同じように考えたのでしょうね。取引のネタを流せば、私が飛びついてくると」

「ちっ、オレと奴らを一緒にするな」と、羅が軽くハンドルを叩《たた》いた。「まったく馬鹿だったぜ。ちょっと考えりゃ、すぐに気付いたのによ。お前のせいで頭に血が上っちまった」

「あなたは血の気が多過ぎる」

「うるせえよ。お前、分かってんのか？　オレはまだお前を許した訳じゃねえぜ。え？　雲呑《ワンタン》野郎。オレの腹はまだ煮えくり返っている」

羅《ロー》と再会したのは、今日の午後八時頃のことだった。秋男《チャウナム》が電話をかけ、その時間に深《サム》水埗《ソイポ》のある食堂に来るよう呼び出したのだった。羅の携帯電話番号は彼の情報屋から買った。秋男の周囲を嗅《か》ぎ回っていることは既に気付いていた。情報屋は特に逡巡《しゅんじゅん》を見せず、番号を口にした。それは、ある意味では羅への裏切り行為であるが、一方では、秋男と接触を持つことができたという一つの成果とも取れた。「羅刑事、元秋男にあんたの番号を渡したぜ」、情報屋は羅にそう報告を入れているかもしれなかった。

先に食堂で待っていた羅は鬼と化していた。秋男が現れるなり、二発の拳《こぶし》を放った。秋男は空気の裂ける音をそこに聞いた。しばらく立ち上がれないほど強烈な拳だった。その証《あかし》がまだ左頬に残っている。

「どうなっても知らねえぜ」と、羅が言った。

「ええ。自ら罠《わな》の中に飛び込んでいるのは、よく理解しているつもりです」

「お前がどうなろうが構わねえよ。だが、巻き添えだけはごめんだ」

「分かっています」

「お前が分かっていても意味ねえよ。奴らが分かっているかどうかだ」

「それは何とも言えませんね」

「ちっ」と、羅はまた舌を打つ。「お前を山頂《ピーク》に置いたら、オレはすぐに帰るぜ」

「――はい」

山頂で大きな取引がある――それは秋男に対して組織が発した、二十一年目の報復命令であった。

逃亡することはできる。今からでも遅くはない。このままでは連中の思う壺《つぼ》であることもよく分かっている。わざわざ殺《や》られに行くような愚行を犯している――。

だが、それで良かった。再びこの地に足を踏み入れた時点で、秋男はその覚悟をしていた。

二十一年前のような計画は何もない。連中の裏をかくことも、羅を利用するような計画もない。

秋男は少し窓を開け、冷気を頰に浴びせた。湿った十二月の風は痛かった。二十一年前のあの夜よりも遙《はる》かに厳しく、同時に何故《なぜ》か心地良くもあった。

「金は――どうしたんだ?」

羅がぼそりと零《こぼ》した。

「え?」

「お前が奪った金だよ」

「ああ。そんなもの、もうありませんよ。使い果たしました」

羅《ロー》は一瞬、怪訝《けげん》そうな顔をし、「ふん、贅沢三昧《ぜいたくざんまい》かよ」と揶揄《やゆ》を寄越《よこ》した。

「まさか。私はひどく質素に生きていましたよ。言ったじゃありませんか。おじの面倒を見てもらうために、ある程度の額を病院に渡したと」

「それでも残金はでかいだろうが」

「残りの大半は父を捜すために使いました。少しでも情報をつかめばそこへ移動して、また別の情報が入ればそちらへ。そんな日々を過ごしていましたからね」

「ふん」

「それに、更にその残金はすべて――」

「――娘か?」

「はい。娘というよりも、彼女たちの生活費です。私が一緒になった女性はあまり体が強い方ではなかった。羅さん、繰り返しになりますが、私は本当に不思議でなりません。どうして、そんな女性と出会ってしまうのでしょうね。それこそ映画みたいに。罪の意識が何らかの作用を起こして、それを包み込めるほど優しい女性を引き寄せてしまうのでしょうか。一緒に時を過ごしたところで、幸せになれるはずもないのに」

「お前、不幸なのかよ」と、羅が投げ捨てた。

「……分かりません」と、秋男《チャウナム》は首を小さく振った。「けれど、少なからずそう思っていた時期があったのは事実です。どうして自分はこんな人生を歩んでいるのかと。だから私は、その根源であった父を捜し出そうとしたのです。私は父を——猛烈に憎んでいましたから」

「会ったのか？」

「いえ。結局、捜し出せませんでした。多分、父はもう……」

「違う。お前の親父《おやじ》などどうでもいい。興味はねえよ」

「はい？」

「娘だ——石原雪子」

「いいえ、まだ……」

そう、まだ対面していない。ずっと双眼鏡のレンズの中で、その姿を追い続けていただけだ。

「娘は私のことなど知らないでしょう。私はそういう生活を送っていた」

羅がじっと夜の山頂道《ピークロード》を睨んでいた。ヘッドライトが右に左に揺れている。

「それでも——お前の娘だ」

「はい」と、秋男は答えた。「これまた不思議なものです。たった一枚の紙切れで、私は娘を持つことになってしまったのですから」

「その娘が——香港に来た」

「ええ、来ました」

「時はまた、繰り返した」

「その通りです、羅《ロー》さん。三度、繰り返してしまった」

車は中腹辺りまで来ていた。窓の外には煌《きら》びやかな夜景が広がっている。秋男《チャウナム》が嫌悪していた光の渦。吐き気を催すほど狭苦しい街の夜。時を経ても、やはり綺麗《きれい》だとは思えなかった。

「私の父は――この地で犯罪に手を染めた。そして、海を渡った」

「聞いたよ」と、羅が吐き捨てた。「お前も――この山頂《ピーク》で組織の金を奪った」

「はい。そうして私も海を越えました」

「今度は娘――」

「父にとっても私にとっても、海を渡るという行為の背景には、犯罪という事実が重々しく存在していました。海を越える、イコール、犯罪。そんな図式が父と私にはありました。けれど、こんな全うではない轍《てつ》を踏むのは、私で終わりだと思っていました。いえ、終わらせるつもりでした。それなのに娘は――海を越えてしまった」

「つまりお前は――その裏に犯罪の匂《にお》いを嗅いだって訳か」

「はい。父と同じように、私と同じように。まさかとは思いましたが」

「だが当然ながら、お前の娘は犯罪など犯していなかった」

「ええ。もちろん私の大きな勘違いでしたよ。やはり、娘にそんな血は流れていなかった。けれど、私は大層驚きました。慌てふためくというのは、ああいう状態を指すのでしょうね。娘が香港へ飛んだと知った時から、私はどうやってこの地にやって来たのか覚えていないくらいです」

「娘に罪などない。だがこの地には――お前の残した罪がある」

「はい。だから、ずっと娘を看視していたのです」

ふと、羅がルームミラーに手を伸ばした。背後を見ると、一台の車のライトが迫っていた。

「連中、ですか?」

「さあ、どうだろうな」

しばらくの間、車内に緊張が走った。しかし、五分も経《た》たないうちに、後続車は脇道へ逸《そ》れて行った。秋男は一つ息を吐き、羅は鼻息を漏らした。

「私がここにやって来たのは、娘が渡ってから半年ほどあとのことでした」と、秋男は話を戻した。「それからは毎日のように娘の姿を追いかけましたよ。深水埗《サムソイポ》の自宅アパートはほどなく知りました。職場も分かっていましたから。そうして私はずっと娘を尾行し、見張り続けました。どうしても看視が適《かな》わない時は職場に電話を入れ、娘の所在を確認したこともありました。娘の周りに組織の連中が現れないかと不安で仕方なかったのです。

おちおち寝てもいられなかった」

「ふん。今更、父親面しようってか」

「そういうつもりはありません。そんな資格がないことくらいよく分かっています。娘というよりも、とにかく私は誰も巻き込みたくなかった。自分が犯した罪に」

「格好つけてんじゃねえよ。オレを巻き込んだくせによ」

「羅《ロー》さんは別です。私のせいでどんな被害を被ろうが、あなたは自分で解決できる。その力がある」

「ものは言いようだな」

また一瞬、後方が光った。羅が振り返る。光はまだ遠くにあった。恐らくはカーブ一つ分くらいだろう。だが、羅の感覚には何かが走るようだった。ミラーの角度を調整しつつ、彼は眉根《まゆね》にしわを刻んでいた。

「気になりますか？」と、秋男《チャウナム》は訊《き》いた。

「ちょっとな。さっきまで、あの光はもっと下にあった。あの運転手、なかなか腕がいい」

秋男は上半身を捻《ひね》り、リアウィンドウを見た。確かに光は近づいて来る。一定の速度を保ちながら、カーブに激しく揺られることもなく。

地面を照らす二つの光——秋男は瞬《まばた》きを重ねた。まるで双眼鏡を覗《のぞ》いているような錯覚に陥った。光の中に娘の影が映る。初めは遠くから眺めていた。通りの端の方から。あるいは、向かいのビルの隅から。だが、その距離は日を追うごとに縮まっていった。一歩ずつ、着実に。この二つの光が接近して来るように。

そしてある日、その足はとうとう娘の部屋の前に——。

瞬間、秋男は前方へ飛ばされた。ダッシュボードに肩を打ちつけた。派手なブレーキ音が山頂道《ピークロード》に響き渡った。

「い、一体……どうしたのです？」

尻をやや横に振り、羅の車が止まった。

「出るなよ」

それだけを言い残して、羅が運転席の扉を開けた。

秋男は肩をさすりながら後方を振り返った。眩《まぶ》しい。後続車のライトがすぐそこにあった。羅の車との隙間《すきま》は数十センチ程度だ。

「てめえ、誰だ？」

開け放した運転席から、羅の声が届く。

後続車の窓がゆっくりと下ろされた。その運転席を覗き込んだ羅はひどく驚いているようだった。

「てめえ、どうしてここにいる？」

秋男《チャウナム》はじっと目を凝らした。車体の色は白だろうか。ボンネットのラインが特徴的なジャガーだった。

その運転席から、一人の男が山頂道《ピークロード》に降り立った。ジャガーのライトの向こうに、ぼんやりと男の輪郭が浮かんでいる。が、その顔はよく見えない。

「はあ？　オレの腹？　そんなもん心配いらねえよ」と、羅《ロー》。

「髭《ひげ》の医師がえらく怒っているよ」

「知るか。オレを薬漬けにしやがって」

「そういう言い方はないだろう」

「ふん。それよりも、ボルボはどうしたんだよ」

「残念だけれど、廃車になった」

「ちっ、オレがぶっ潰《つぶ》してやりたかったぜ。で、これが代車か」

「そうだね」

「てめえ、車屋にでも転職するのか」

「まさか。僕が世話になっている車屋に頼んだら、これが来ただけさ。このジャガーもいささか訳ありでね。横腹がかなり凹《へこ》んでいるだろう？」

「ああ」

「これ、僕がやったんだ」

「はあ？」

「縁というのは面白いね」

見えた——一瞬、男の顔が見えた。

秋男は慌てて助手席の扉を開いた。

「あなた——」

思わず声が漏れる。

「おい！　車に戻れ！」と、羅が怒鳴った。

「やあ、捜したよ」

男が軽く右手を挙げた。間違いなかった。書院道《カレッジロード》で娘を追っていた男。娘を助け出した男——。

「あなた、羅さんの知り合いだったのですか」

「うん、友人かな」と、男は言った。

「誰が友人だって？　ふざけるな」羅が答える。

「ということは、あなたは組織の人間ではなかったのですか」

「違うよ。君がそう思うのも分かるけれど」

男は足を踏み出し、秋男の正面に立った。

「君が元《ユン》秋男だね？　ようやく会えた」

「あなたは――？」

「陳小生《チャンシウサン》。よろしく」

陳と名乗る男はそう言って、右手を差し出した。

秋男《チャウナム》もそれに応《こた》えた。力強く陳の手を握り締めた。

「どうしたんだい、その顔は」

「いえ、ちょっと手荒な挨拶《あいさつ》を受けましてね」と、秋男は視線を外す。「羅《ロー》さん、私が望んでいたのはまさにこれです。あなたともこういう固い握手がしたかった」

「勝手なこと言ってんじゃねえよ」

「でも、びっくりしたよ。書院道《カレッジロード》では」と、陳が微笑んだ。「君が銃を持っていることは想定していたけれど、まさか撃つとはね。まあ、僕を組織の者だと勘違いしてのことだろう」

「すみません。連中にしては、様子が異なると思っていたのですが……」

「いいさ。別に怒っている訳じゃない」そこで陳は羅へと目をやった。「ねえ、羅刑事。僕の言う通りだったろう？　僕ならば必ず彼を捜し出せるって」

「ふん、オレの方が先に見つけた」

「そういう問題かい？」

「ちっ」と、羅は舌を打ち、顔を背けた。「分かったよ。てめえの力は認めてやるよ。既にこの男と接触していたとは思いもしなかった。さすがに陳小生だ。これで満足か？」

陳は楽しそうに相好を崩していた。そして、「僕も行くよ」とおもむろに告げた。

「はあ？」

「これから山頂《ピーク》を上るんだろう？」

「てめえは自宅でジャガーでも磨いてろ」

「それはないだろう。この件に僕を巻き込んだのは君だ、羅刑事」

「うるせえ」

「足を踏み入れた以上、僕も最後まで見届ける」

羅は下唇を噛《か》み、「ちっ、勝手にしろ」と吐き捨てた。

「あの――」

秋男は陳に向かって声を投げた。

「何だい？」

「あの、娘は今――」

「ああ、石原雪子さんだね」と、陳が大きく頷いた。「大丈夫。彼女は今、大仙《タイシン》病院で休んでいるよ。あとで案内しよう」

# 16　星期四《シンケイセイ》（木曜日）　午後八時

淡い水色のタイルを張った床に、元秋男《ユンチヤウナム》は大の字になっていた。辺りには安物の丸いパイプイスがいくつか転がり、箸《はし》や小皿が散乱している。長年の油が染みついているのか、タイルはどことなく滑《ぬめ》っていた。

「――お構いなしですか」

秋男は左の頬に強烈な痛みを感じつつ、小さく笑った。手の甲で頬を拭《ぬぐ》い、そのまま倒れていた丸イスの一つに腕を伸ばす。ガラガラと引きずるようにして傍へ寄せ、そこを支点にして、ぐっと上半身を起こした。

テーブルの脚の間から、二本の足が覗いている。紺色のチノパンツにくたびれた革靴。その革靴の先端が猛烈に怒っていた。

「他人の目があっても、お構いなしですか」

秋男は周囲に首を振りながら繰り返した。テーブル席は四つ。他の三つに座っていた客たちは皆、口を開けたまま、箸を空中で止めていた。そして、まだ夕食の途中にもかかわらず、一様に箸と代金をテーブルに置き、そそくさと席を立った。図太く、また食事を大切にする香港人にしては珍しい行為であったが、そんな行動を取らせるほど、店内には異様な空気が流れていた。

その危うく張り詰めた雰囲気を発しているのは秋男ではなく、秋男を床に倒した人物であった。

――羅朝森《ローチウサム》。

羅は顔面を紅潮させ、血走った双眸で秋男を睨んでいた。

「お客さんの目があれば、殴られずに済むと思っていたのですが。言葉よりも何よりも先に、拳が飛んでくるのはあなたらしい」

秋男は立ち上がろうとした。しかし、上手《うま》く足に力が入らず、床に尻を打ちつけた。

羅はずっと無言のままであった。無言で拳を放ち、無言で秋男を見下ろしている。

「羅さん、時は繰り返しましたね。それも、思っていたよりも早くに。脇腹は大丈夫ですか？」

羅がゆっくりと一歩、足を踏み出した。恐らく黒だったであろう革靴は相当に変色し、ひび割れを作っている。

「――立て」と、羅が唸《うな》る。

「もう少し待って下さい。足に力が入らない」

「立て」

羅の太い両腕が秋男を強引に引っ張り上げた。秋男はされるがままだった。

次の瞬間、また衝撃がきた。秋男《チャウナム》は横殴りに吹っ飛ばされ、板張りの壁に全身を打ちつけた。そして、その反動を吸収できず、顔から床に突っ伏した。

熱い。秋男の鼻から血が溢《あふ》れ出ている。

「立てよ。雲呑《ワンタン》野郎」

「無理……ですよ」

「まだ二発だ。あと十九発残っている」

「……二十一年分、ですか」

「本当なら日数分殴ってやりたい」

「体が……持ちませんね」

秋男はうつ伏せのまま声を絞った。

「勝手なことぬかすんじゃねえよ。お前の体なんか知るか。オレの腹に弾丸をぶち込んだくせによ」

「だから、太子《タイツィ》でのあれは暴発です……あなただって分かっているでしょう。引きたくて引鉄《ひきがね》を引いたのではありません」

「舐《な》めたこと言ってんじゃねえぜ」

「あなたがいきなり襲いかかってくるからです。挨拶もなしに。あんな大声を上げられたら、びっくりするじゃありませんか」

血と油の匂いが鼻を衝《つ》く。そこに激痛が走り抜け、秋男は一瞬吐き気を覚えた。

「ふん、どんな挨拶をしろってんだ、え？」

「二十一年ぶりの再会だったのですよ。固い握手から始まるのが普通です」

「馬鹿馬鹿しい。握手をする前に弾丸を放ったのはお前だろうが」

「だからそれは、あなたが突然現れたせいです。暗がりの中で、あんな獣みたいな声を聞けば誰だって驚きます。そう、二十一年前の紅磡《ホンハム》の路地みたいに」

「――売人の阿湯《アトン》か」

「覚えているんですか？」

「当たり前だ。お前、あの時、わざと奴を逃がしたんだろう？」

「――はい」

「あの山頂《ピーク》での取引は奴からの情報だったのか？」

「いいえ、違います。阿湯を使って調べさせはしましたが。そういえば、彼はどうしました？」

「殺《や》られたよ。三合会《トライアド》の連中にな」

革靴の踵《かかと》が遠ざかって行った。散らばった箸を避けるでもなく、羅《ロー》はがりがりと踏みつける。憤怒のせいで視界に入っていないのだろうか。その痛々しい音が秋男に響いた。まるで箸の一つ一つが自分の骨のようにも感じられた。

「……あの、お客さん」

うつ伏せになった秋男の前に、新たな靴が現れた。茶色のサンダルだった。

「だ、大丈夫かね？」

六十前後の痩《や》せた男だった。この店の店主ではない。いつも厨房《ちゅうぼう》で鍋《なべ》を振っているのは、もっと体格の良い若い男だったはずだ。きっとその父親だろう。

「ええ、多分。すみません、散らかしてしまって」

「そ、それはいいんだが……」

男は秋男と羅《ロー》を交互に見やり、「この喧嘩《けんか》は続くのかね？」と声を震わせた。

「それは——あの人次第ですね」と、秋男は目で羅を示す。

「親父さん、瓶麦酒《ビール》を」

羅が投げ捨てるように言った。

男は散った箸や小皿を集め、羅を警戒しながら奥へと引っ込んで行く。

「大丈夫です」と、秋男はその背へ向けて言った。「この人は刑事です。警察を呼ぶ必要はありませんから」

店内がしんと静まり返る。心臓の音が聞こえるほどだった。血管の収縮までが感じられる。秋男の頬はそのくらい疼いている。

「何故、戻って来た？」

羅が小さく言った。

「理由は――いくつかあります」

秋男は正直に答えた。隠すつもりは毛頭なかった。そうでなければ、羅をこの店で待たせたりしないし、秋男も現れたりしない。

そして何より――この地に再び戻って来るはずがなかった。

「何故、ここなんだ？」と、羅がぽつりと零す。

「はい？」

「どうしてオレを深水埗《サムソイポ》に呼びつけた？」

「ああ、それは――」

「お前の目撃談は、どういう訳かこの深水埗付近が多かった。ここには何がある？」

「このお店ですよ。ここには美味《おい》しい雲吞麵があります」

「くだらねえ」

「くだらないことなどありません。二十一年前にも言ったはずです。あなたともう一度、一緒に雲吞麵を食べたかったと。この店は警察学校の食堂と少し雰囲気が似ています」

「――立て」

「起こしてもらえませんか」

「知らねえな」

「まだ怒りは収まりませんか」

「収めるつもりなどねえよ」

秋男《チャウナム》は深く息を吸い込み、弾みをつけて両腕に力を集めた。だが、ひどく覚束《おぼつか》ない。かくんと肘《ひじ》が折れる。その拍子に、秋男は鼻先から床に落下した。

「すみません……起き上がれません」

油の染みたタイルが頬を焼いている。ひりひりと焦がされながらも、太陽を浴びているかのような開放感もあった。感覚が麻痺《まひ》し始めているのだろう。このまま炙《あぶ》られながら眠ることもできそうだった。

テーブルに瓶啤酒《ビール》が置かれた。羅《ロー》はそれを鷲《わし》づかみにして、直接口へと傾けた。

「──娘か」

「え？」

「ここに娘がいるのか？」

その言葉に、秋男の全身がぴくりと反応する。

「誰が……そんなことを？」

「お前に娘がいたとはな」

「あなたの……情報屋からですか？　私の周りには不穏な影がいくつかありました」

羅は何も答えず、喉《のど》を上下に動かしている。

そういった男たちの影に気付いたのは、この地に戻って来て、どれくらい経った頃だろうか。比較的早い段階で、秋男は背後にいくつかの尖《とが》った視線を感じるようになっていた。三合会《トライアド》の連中をはじめ、情報屋らしき人物。そして、娘を救い出してくれたあの男――。

「それが理由か？」

「はい？」

「娘が理由でここに戻って来たのか？」

羅は立ち上がり、一歩ずつ体重をかけながら近寄って来た。そして、秋男の腹と床の間に革靴を滑り込ませ、ぐっと蹴《け》り上げた。秋男は綺麗に転がされ、今度は仰向《あおむ》けになっていた。羅と視線がぶつかる。彼の目は溶岩のように烈々と燃えていた。

「それは――理由の一つです」と、秋男は答えた。

「理由はいくつある？」

「三つ、ですね」

羅は太い腕を組み、じっと秋男を眺め下ろしている。

「羅さん、タバコ、やめたのですか？」

「ああ」

「吸っても構いませんか」

返事を待たずに、秋男はジャンパーのポケットからタバコを取り出した。しかし、二度も殴り飛ばされたせいか、パッケージはひしゃげていた。折れていない一本を抜き取り、火を点《つ》けた。煙が口内の傷を刺す。その痛みが喉の奥へと吸い込まれて行った。

「オレをはめたのも娘が原因なのか？」

「それは違います。ここにいる時、私に娘がいるなど一度でも口にしましたか？」

「いいや。娘に限らず、お前は家族について一言も話さなかった」

「ああ、そうでしたね」秋男《チャウナム》は煙を吐き出した。「その理由は単純です。ここに、私の家族などいなかったからです」

「どういうことだ？」

「母は私が幼い頃に亡くしました。父は――」

タバコを持つ手がだらりと床に垂れる。秋男は黒ずんだ天井を見つめていた。その汚れや古さ、あるいははがれ具合が、秋男の脳裏に一つの記憶を呼び起こす――小さな漁船。船底だけでなく、船体も甲板も何もかもが枯れていた。

秋男はまぶたを閉じた。

「私の父は――日本にいました」

「日本？」羅《ロー》が声を鋭くする。「お前、あれから日本にいたのか？」

「はい。もちろん、ずっと滞在していた訳ではありません。私は逃亡者ですから。いつ追っ手が来るか分かりません。定住などできるはずがありません」

「ふん。そのくせ、逃亡生活の中で家族を持ったってのか」

「結果としては、そういうことになりますね。何故か、そんなことになってしまいました」

「……合わねえぜ」と、羅がぽつりと言った。

「合わない？　私が家族を持ったことですか？」

「年齢だよ」

羅はジャケットのポケットから一枚の紙らしきものを取り出し、秋男の腹へ向けて放《ほう》り投げた。

秋男が写った白黒の写真だった。二十一年前の自分がそこにいた。

「懐かしいですね。こんな写真、いつ撮ったのです？」

「オレじゃねえよ。同期の連中のところへ行って探し回ったのさ」

「へえ。撮られたこと自体、知りませんでした」

「オレとお前は同い年だ」

「ええ、四十三歳ですか」

「お前が消えたのは二十一年前、二十二歳の時だ」

羅が言いたいことはもう分かっていた。

「お前の娘は二十五歳だと聞いている。年齢が合わねえな」

「はい、合いませんね」

「血のつながりはねえのか」

「仰《おっしゃ》る通りです。相手の連れ子です」

秋男《チャウナム》は羅《ロー》を見上げて答えた。羅は秋男ではなく、どこか遠くを見ているようだった。その目に灯《とも》した炎は赤ではなく、青白く色を変えている。

「――石原雪子」

「ええ、石原というのは相手の姓です。私が相手の籍に入ったのです。私は逃亡者ですからね。堂々と姓を名乗れるはずがありません。それに――」

「何だ？」

「私は既に死んでいました」

「はあ？　死んでいた？」

「戸籍上、そうなっていたのですよ。小西秋男《こにしあきお》は九歳の時に亡くなったと」

「小西秋男――お前、ここの生まれじゃねえのか」

「違います。私は日本で生まれました。情報屋から聞いていませんか？」

「ちっ」と、羅が苦々しく舌を打った。「あいつ、使えねえ奴だ」

秋男は床に寝転んだまま、満面の笑みを浮かべていた。

二十一年ぶりに聞く懐かしい破裂音だった。

## 17　星期四《シンケイセイ》（木曜日）午後九時

「私は九歳の頃、こっちに移って来たのです」と、元《ユン》秋男は続けた。「いえ、移されたと言うべきでしょう。無理矢理にね。その辺りについてあまり語りたくはありませんが、どうやら私の父は下手を打ったらしい。要するに、私の父はそういううしろ暗い過去を持った人間だったのです。当時はまったく知りませんでしたが、父も逃亡者だったのですよ。私と同じように」

秋男は新たにタバコを咥《くわ》え、火を点けた。変わらず、切れた口内が悲鳴を上げる。

「私は日本で生まれましたが、父はこちらの人間です。私はそれさえも知りませんでした。すべてこの二十一年の間に調べて、初めて分かったことなのです」

「それがこの地を去った理由か？」と、羅が言った。「オレをはめた原因か？」

「ええ、大きく言うならばそうです。日本へ戻って父を捜す――そのために大金が必要だったのです。警察学校に入る前から、私はずっとそのことばかり考えていました」

秋男はぐっと息を吐き出した。羅の靴底が秋男の胸を踏んでいた。

「お前、そんな動機で警官になったのかよ」

「はい。羅さん、警官にも色々な人間がいます。あなたのように真《ま》っ直《す》ぐな者ばかりじゃありません」

靴底が更にぐっと沈む。

「でも、あなたの言葉は正しい」

「はあ？」

「私が三合会《トライアド》から大金を奪ったように、どうやら父も、それまで勤めていた会社の資金を横領したらしい。しかも、組織の影が背後にあるような企業です。余程の覚悟だったのでしょうね。父はその大金を奪って海を越えたのです。血は争えないというのでしょうか。私が取った行動は、まったくそのまま父と同じだったのです。あなたの言葉通り、時は繰り返したのです」

秋男《チャウナム》は息を荒らげながら話した。視界の隅に、ちらりと厨房が入った。店の男が心配そうにしわだらけの目を細めていた。

「そうして父は日本へやって来ました。そして、どこでどう出会ったのか、日本人である母と籍を入れました。小西というのは母の姓です。これまた私と同じですね。父と母の馴《な》れ初《そ》めは知りません。私が生まれて一年もしない内に、母は亡くなりました。元々病弱ではあったようです。そして、身寄りも少なかった。おかしなものですね。どうして逃亡者や犯罪者は、そういう女性とペアになるのでしょう？　犯した罪を忘れさせてくれるほど強い優しさを持った女性と。罪という匂いが互いを引き合わせてしまうのでしょうか？

羅《ロー》さん、どう思われますか？　私もそうでした――そんな女性と出会ってしまった」

いつの間にか、胸が軽くなっていた。気付くと羅は既に席に戻っており、やめたはずのタバコを吸い始めていた。秋男のものだった。

「よく喋《しゃべ》りやがる」と、羅が言った。「お前、変わったな」

「人はそう簡単に変わりませんよ」

けれど、人生はいとも容易《たやす》く変えられてしまう――秋男はその言葉を飲み込んだ。

「たった九年間でしたが、私の日本での生活は何一つ不自由がありませんでした。週末になると、父はよくドライブに連れて行ってくれました。美味しい物を食べ、存分に遊んで帰宅する。今から考えると、あれはすべて父が横領したお金だったのでしょうね」

羅が瓶啤酒《ビール》を傾けた。何の表情も浮かべていなかった。

「ですが、それがある日、突然変わりました。父の居場所が突き止められたのか、組織の連中がチンピラを送り込んで来たようです。父はその気配に気付くと、すぐに逃亡の準備を進めました。いえ、この日がいつ来てもいいように、準備を怠らなかったと言うべきでしょうか。息子だけは何としても逃がす。しかも国外に――私はおじに託されました。父の実の兄ですね、彼は香港にいました」

その時、派手なブレーキ音が響いた。続いて、店のガラス戸が乱暴に開かれた。

「元秋男《ユン》！」

誰かが叫んでいた。ゆっくりと首を動かした。黒ずくめの男が二人、秋男《チヤウナム》を見下ろしていた。

二人の男は唖然《あぜん》としているようだった。まさか秋男が床に寝転ばされているとは思いもしなかったのだろう。大声を張り上げたはいいが、その口は閉じられずにいた。

「羅《ロー》さん」と、秋男は言った。「あなたをここで待たせたのは、こういう場面を想定していたからです。この店はいつも監視されています」

羅がのっそりと席を立った。分厚い肩を怒らせながら、二人組へと歩を進める。

「てめえら、どこの連中だ?」

「あんたに用はない。元秋男を渡してもらおう」

一人の男が答えた。蛇のように絡みつく目を持った男だった。

「舐《な》めてんじゃねえぞ。いきなりやって来て、こいつを渡せだと? こっちの話はまだ終わっちゃいねえよ」

「渡してもらおう」

「邪魔するんじゃねえよ。こいつと話したければ、空いた席で順番を待ってな。雲呑麵《ワンタンミン》でも食ってろよ」

「生憎《あいにく》、そんな暢気《のんき》なことは言っていられない」

「笑わせるな」羅が男の胸倉をつかんだ。「てめえら、この男に金を奪われた組織の者だろうが。二十一年前の山頂《ピーク》でよ。そんなに長い間放っておいたくせに、今更何を言っていやがる。暢気なのはてめえらだぜ」

羅の右膝《みぎひざ》が男の腹にめり込んでいた。男は「ぐうっ」と唸り、腰を折った。

「大人しく帰ってボスに伝えろ。今日の深夜、山頂に来いってな。オレがこの男をそこまで連れて行く。そのあとはオレの知ったこっちゃねえよ。煮るなり焼くなり好きにしろ」

羅の冷たい目が秋男を見つめていた。

「心配しなくても大丈夫ですよ」促されるままに秋男は言った。「今日の深夜、私は必ず山頂に行きます。そこで待っています。そこで――すべてを終わらせましょう」

「あんた……何者だ？」と、蛇の目が羅を射た。

「てめえらと同じさ。二十一年前、元《ユン》秋男にはめられた男だよ」

二人の男はあとずさるようにして店から姿を消した。捨て台詞《ぜりふ》の一つも残さなかった。

「羅さん、有難うございました。助かりました」

「うるせえ」

秋男は目をつむった。ジンジンとした頬の疼きに、走り去る車のエンジン音が重なる。

「さて、どこまで話しましたか？　ああ、おじに預けられたところですね。そう、父は私を船に乗せました。ある意味では賭《か》けだったのかもしれません。息子を香港に戻すという行為は。父はこの地で罪を犯したのです。父を追う組織もここにいる。裏をかいたのか、混沌《こんとん》としたこの街ではそうそう見つからないだろうと踏んだのか、とにかく父は私を船に乗せた――薄汚い漁船でした。今でも私はあの枯れた船体と悲鳴のようなエンジン音、そして魚の臭いが染みついた船内を覚えています。悪臭と波にどれほど嘔吐《おうと》したことか」

羅《ロー》は席に着き、啤酒《ビール》をあおっていた。飲み干すとふっと息を吐き出し、何気なく脇腹をさすった。見ると、うっすらとシャツに血の筋が浮かんでいた。

「大丈夫ですか？　傷口が――」

「何でもねえよ」

「そうですか」秋男《チャウナム》は微笑みながら頷いた。「とにかく、そうして私はこの地にやって来ました。結果から言うと、父は賭けに勝ち、同時に負けました。私は生き延びた。けれど、おじは連中に捕まってしまった。私の身代わりになったとも言えるでしょうか。それはもう酷《むご》い仕打ちでした。半殺しという表現でもまだ生温《なまぬる》い。辛うじて意識はありましたが、おじは管を全身に巻きつけて、ベッドで寝たきりになってしまいました。決して清潔とは言えないベッドの上で」

頬の痛みが今度は秋男の瞳《ひとみ》を刺す。

「そんな状態でも、おじは本当によくしてくれました。おじは日本語を話せませんでしたが、根気よく丁寧に広東語《カントンご》を教えてくれ、また、彼も日本語を覚え、私はずっとそのベッドの傍《そば》で過ごしたのです。いわば、病室が新しい我が家でした。看護婦の方も優しく、世話を焼いてくれました。学校へ通うようになったのも、彼女らのお陰です」

店の男が身を小さくしながら、二つの瓶を運んで来た。一つは瓶啤酒で、もう一つは花瓶だった。

「ですが、私は去った」秋男は更に続ける。「二十一年前、おじをベッドに放ったまま、私はここを去った。おじが亡くなるまで面倒を見てもらえるよう、病院にまとまった額を渡して。もちろん、そのお金はあの日に私が三合会《トライアド》から奪ったものです。羅さん、それがこの地に戻って来た理由の二つ目です。随分と身勝手なのは自覚しています。ですが、おじの墓参りだけでもしたいと思っていたのです」

羅は瓶啤酒に手を伸ばさず、タバコを咥えていた。そして、不味《まず》そうに煙を吐き出した。

「――終わったか？」

「はい？」

「お前の長ったらしい昔話は終わったのかと訊いている」

「長かったですか？　これでもかい摘《つま》んで話したつもりなのですが――」

「お前の人生なんか別に興味ねえよ」

「羅さん、それはないでしょう」と、秋男は苦笑を漏らす。「私はこんな状態で過去を語ったのですよ。あなたに床に倒されたまま。せめて、あの警察学校の食堂の時のように、あなたと向かい合って話したかった」

「あの時、何も語らなかったのはお前が選んだことだろうが。今更うるせえよ」

「それを言われると、返す言葉がありませんね」

羅《ロー》はタバコを灰皿に押しつけ、席を立った。

「山頂《ピーク》へ行く準備が整ったら、オレに連絡を入れろ。オレがお前を拾って山頂へ連れて行く」

「その体で運転は大丈夫ですか？」

「お前、自分の面を見てから言えよ」

羅は五〇ＨＫドルをテーブルに置き、秋男《チャウナム》を跨《また》いで越えて行った。

「待って下さい」と、秋男は羅を呼び止めた。

「まだ何かあるのか」

「まだ話は終わっていません。三つ目です」

「三つ目？」

「私がここに戻って来た理由の三つ目です」

「――知ってるよ」

羅が開いたままのガラス戸に手をかけながら答えた。

「知ってる？」

「お前、馬鹿じゃねえのか。さっき自分で言ったろうが、チンピラによ。すべてを終わらせるってな」

「……ああ」

「雲呑よ」と、羅が背を向けた。「時を繰り返すぜ」

「――はい」

「今日の夜――二十一年前の悪党退治だ」、
告げて、羅は店を去って行った。

秋男は幾度も固く頷いた。床に横たわったままで。

羅の姿が完全に消えると、店の男が慌てて近寄って来た。「大丈夫かね？」と、声をかけながら秋男を起こし、イスに座らせてくれた。今日この店を訪ねてから、秋男は初めてイスに腰を下ろしたことになる。

「あれで本当に警官なのかね？」と、男が言った。

「ええ、残念ながら」

「何か食べるか？　息子が出とるから凝った料理はできんが……」

「息子さんって、立派な体格をした？」

「そうだよ。壁みたいに四角い体をしておる」

やはりそうか。秋男はよく双眼鏡のレンズ越しに彼を眺めていた。その息子の傍には大抵の場合――娘がいた。

「息子さんがここの店主？」

「まあね。わしは昔、ここで花屋をやっておった」

「――バウヒニア」秋男《チャウナム》は呟《つぶや》く。

「ほう、よく知っとるな」

父親は嬉《うれ》しそうに破顔し、テーブルの花瓶に目をやった。薄い紫とも桃色とも呼べるような大きな花弁だった。

「知ってるも何も、ここの区旗の紋章になっている花でしょう？」

「ああ。今はちょうど開花期だ。見頃だよ」

知らず、秋男の目から一筋の涙が零れ落ちた。拭わなかった。秋男はじっと花を眺め続けた。

「親父さん」と、秋男は小さく告げた。「すみませんが、息子さんに伝えて頂けますか」

「ん、何をだね？」

「――娘をよろしく頼むと」

## 18　星期五《シンケイウー》（金曜日）　午前一時

陳小生《チャンシウサン》はジャガーの横に立ち、タバコに火を点けた。紫煙は真っ直ぐ上空へと立ち昇って行く。風がない。嘘《うそ》のように凪《な》いだ穏やかな十二月の夜だった。

ジャガーの隣には羅朝森《ローチウサム》刑事の愛車が並んでいる。ひどく対照的な二台であったが、陳には、圧倒的に羅の古びたクラウンの方が力強く見えた。互いにエンジンは切っている。

そうしてもう一時間近くが経とうとしていた。

山頂《ピーク》駅の広場である。

ひどく静かだった。時折、小動物の鳴き声がどこからか届いてくるくらいだ。

陳はゆっくりと周囲を見回した。街灯がぽつりぽつりと設置されており、淡い橙色《だいだいいろ》がぼんやりと浮かんでいる。陳は羅とともにその光の中にいた。

「ちっ、待たせやがって」

羅が焦《じ》れていた。辺りを行ったり来たり、小刻みに往復している。

「約束の時間は？」と、陳は訊《たず》ねる。

「〇時だよ。もう一時間も遅れてやがる」

「まあ、それだけ相手も警戒しているってことだろう」

「ふん。早くこいつを奴らに渡して、オレは祝杯でも挙げてえよ」

そう言って、羅は自分の車を顎《あご》で示した。その助手席には元秋男《ユン》が座っている。

「もう一杯、咖啡《コーヒー》はいるかい？」

陳《チャン》はジャガーの屋根に乗せた水筒をつかんだ。

「てめえ、ピクニックに来てるんじゃねえんだぜ」

「でも、寒いのだから仕方ない」

同じく屋根に並んだ紙コップに咖啡を注ぎ入れ、陳は美味《うま》そうに口をつけた。タバコの辛味が咖啡の苦味に溶かされていく。そうしてもう四杯ほど空にしていた。

「しかしよ、こんな夜景、どこが綺麗なんだろうな」

羅《ロー》がぼそりと呟いた。

「そうかい？　喜ぶ人は多いよ」

「こんな時間になっても、まだ煌々《こうこう》と灯りが点いていやがる。そんなに働いて何が楽しい？」

「僕たちだって、まだこうして働いている」

「それとこれとは別だ。オレたちは今である必要がある。だが、ビルの中の連中は別に今である必要はねえ」

「分からないよ。僕らと同じように、部屋の中で誰かを待っているのかもしれない。強面《こわもて》で偉そうな男たちをね」

「ああ言えばこう言いやがるな」

「それが嫌なら黙っていればいい」

羅はふんと鼻を鳴らし、背を向けた。

眼下には、いつものように香港の夜が広がっている。その光の下で蠢《うごめ》く人々や車の音は、もちろんここまで届かない。しかし、街は確実に呼吸をしている。息を吸い、吐き出す。その膨張と収縮が灯った光に見て取れる。

ここは決して美しい街ではない——陳は思う。だが、ひどく愉快な街だ。深夜の山頂《ピーク》で咖啡を味わうほどに楽しい街だ。

「陳」と、羅が言った。「てめえ、日本に行ったことはあるのか」

「あるよ。雪を見に行った。感動したよ、あれは。空から光の粒が降ってくる、そんな感じだ。そう、この夜景をちょうどひっくり返したみたいに。あっちのビルの光も、こっちの港の光も、重なったネオンサインの光も、みんな空から落ちてくる」

羅はジャケットのポケットに手を入れ、「そうか」と答えた。そして、そこから一枚の写真を抜き出した。もちろん、元秋男《ユンチャウナム》のものだった。

「ねえ、羅刑事。本当に彼を連中に渡すつもりか?」

「はあ? 当然だろうが」

「それでいいのかい?」

「ああ。それでこそ、オレの気も晴れるってもんさ。二十一年目にしてようやくな」

「それはそうかもしれないが——」

「何が言いたい？　元秋男《ユンチャウナム》はオレを利用した。オレをはめやがった。てめえはごちゃごちゃ口を挟むな。オレとあいつの問題だ」

羅《ロー》がすっと右手を挙げた。何やら神妙な顔つきで、手にしていた写真を宙へと弾《はじ》いた。くるくる回転しながら、写真は太平山頂《ヴィクトリアピーク》の斜面に沿って飛んで行く。羅はその光景をじっと目で追っていた。そこに怒りの熱はない。ただただ険しい眼差《まなざ》しで維多利亜灣《ヴィクトリアハーバー》の黒い海を眺めていた。

と——山頂道《ピークロード》が一瞬、光を放った。

「来たようだね」と、陳《チャン》は言った。

「ああ、来たな」

羅が答え、塗装のはげ落ちた愛車の屋根を軽く叩いた。

助手席の扉が開き、元秋男が顔を覗かせた。

「来たぜ」

「——分かりました」

元秋男は広場に立ち、ゆっくりと首を回し始めた。その全身が強張《こわば》っている。

「ここも変わりましたね」と、元秋男が言った。「昔はこんなに明るくなかった」

山頂道の光はいくつか連なっていた。相手は一台ではない。エンジンの音が徐々に大きくなっていく。

「羅さん、陳さん。もう構いませんよ。あとは私一人で」

「ふざけるな」羅が吠《ほ》える。「お前のことだ、何を企《たくら》んでいるのか分からねえ。奴らにお前を引き渡すまでは見届ける」

「何も企んでなんかいませんよ。私は今、銃一つさえ持っていません」

「寒くないかい？」と、陳は言った。「君は震えているようだ」

「ええ、少し寒い。そして、怖くもあります」

陳は一つ頷くと、着ていたダウンジャケットを脱ぎ、元秋男に渡してやった。

「君にあげるよ」

青ではなく、緑のダウンジャケットだった。

「助かります。陳さん」

元秋男はジャンパーの上から重ねて袖《そで》を通した。

光が三人の前を通り過ぎた。相手は三台の車で乗りつけ、ようやく山頂《ピーク》に現れたのだった。

クラスは違えど、すべてメルセデスベンツである。黒が二台に、シルバーが一台。街灯に照らされたそれらはまるで展示会のようだった。

示し合わせていたのか、同時にすべての扉が開いた。屈強な男たちがぞろぞろと降り立つ。誰もがベンツの傍に寄り添い、車自体が持つ威圧感を少しでも拝借しようと懸命だった。

　陳《チャン》は思わず笑みを零す。

「てめえ、笑っている場合か？」と、羅《ロー》が小声で囁《ささや》く。

「不思議だな。あの連中は、あれで様になっているとでも思っているんだろうか。強がった男が強そうな車から現れても、別に驚きはしない。それなら、自転車で登場する方が僕はよほど身構えるよ。この連中は危ないってね」

　真ん中に止められたシルバーの後部座席から、一人の男が姿を見せた。五十絡みの恰幅《かっぷく》のよい男だ。陳も知っている三合会《トライアド》の幹部の一人だった。

「遅れてすまなかったね」

　男がベンツの放つ光の中へ足を踏み出した。

「ああ、待ったぜ。随分と立派な身分になったじゃねえか」

　羅も前へ出る。

「そんなことはない。毎日這《は》いつくばって生きているよ。羅刑事、稼ぎ難《にく》い世の中になったものだな」

「ふん、だから二十一年前の金も取り戻そうってか」

「いや、さすがにそこまで困ってはいないな。これはあくまでも面子《メンツ》の問題だよ」

「馬鹿馬鹿しい。そんな大昔にこだわっている方が笑わせるぜ」

「羅刑事、あなたも分かっているはずだ。それが我々の世界だということを。どれだけ時間が流れようが、過去は消えない。特に苦汁を舐めさせられたような過去はね」

「格好つけてんじゃねえよ。お前、二十一年前はチンピラだったろうが。何が過去だ。あの時、護衛にさえもなれなかったくせによ」

「——元秋男《ユンチャウナム》を渡してもらおうか」

男は冷静を装いながら、小さく唸った。

「言っておくが、この男はもうてめえらの金などほとんど持っちゃいないぜ。それでもいいんだな？」

「構わんよ。だから、奪われた額の問題ではないと先程から言っている」

「いいだろう」

そう言って、羅は男に背を向けた。歪んだ唇から濁った歯が零れている。

「楽しそうだね」と、陳は言った。

「ああ、楽しいな」

羅は愛車の後方に回り、トランクを開けた。そして、そこから小ぶりなジュラルミンのケースを取り出した。

「これを持って行け」

「何ですか？」と、元秋男が訊ねる。「爆弾でも入っているとか」

「そんな訳ねえだろうが。山頂《ピーク》で花火を上げる間抜けがどこにいるよ。それともお前、そんな派手に見送ってもらいてえのか？」

「いいえ、普通で十分ですよ。地味な方が私の性に合っています」

「この中には残金が入っている、そういう体だ」

「そうですか……分かりました」

元秋男《ユンチヤウナム》は首を傾《かし》げながらケースを受け取り、空いた右手をそっと差し出した。

「羅《ロー》さん、世話になりました。あなたと再会できて良かった」

羅は胸の前で腕を組み、握手には応えなかった。

「――行け」

元秋男が深く二度頭を下げた。そしてそのあと、羅と陳《チヤン》の目をじっと見つめた。

娘をよろしく――元秋男はそう語っていた。

元秋男の背中が一歩ずつ遠ざかって行く。

「羅刑事、いいのかい？」と、陳は言った。「彼は――死ぬ気だよ」

「――知ってるよ」

羅が低い声で答える。

「まさか、みすみす死なせる気じゃないだろうな」

「さあな」

ふっと一陣の風が吹き、山頂を撫《な》でていった。

そしてまた、広場は静寂に包まれる。

陳は羅の隣に並び、小さく告げた。

「そろそろ——合図を出したらどうだい？」

「はあ？」

「彼が相手に捕まってしまう」

元秋男はベンツの前に達しようとしていた。

「ちっ」と、羅がまた舌を打った。「てめえ、本当に抜け目がねえな。気付いてたのかよ」

「何年の付き合いだと思っているんだい？　君の顔を見れば、何か企んでいることくらいすぐに分かる。それに何より、君は仲間を簡単に死なせるような男じゃない。それがたとえ、過去に裏切られた同僚であってもね」

「ふん。てめえ、何を友人面してやがる」

そう言って、羅は上空へ視線を逸らせた。そして、おもむろに右手を挙げた。

一瞬にして、広場が光に包まれた。昼かと思えるほどの光量だった。広場の周囲に設置された何台もの投光機が三台のベンツを捉《とら》えていた。茂みの中から、建物の一室から。

その光の中心へ向かって銃口の輪ができていた。潜んでいた機動隊が一斉に現れ、綺麗に円を描いていた。

その直径が徐々にゼロになっていく。

元秋男《ユンチャウナム》はきょとんとした様子で棒立ちになっていた。そこに、羅が歩み寄った。

「羅《ロー》さん、これは……」

「お前の番だ」

「え？」

「今度はお前がはめられる番だ」

羅は元秋男の手からジュラルミンケースを取り、三台のベンツ目がけて放り投げた。どん、とどれかのボンネットに落ちる音が聞こえた。

「あの中には署から拝借してきた覚醒剤《かくせいざい》が入っている。奴ら、現行犯逮捕だな」

「そ、そんな無茶な――」

「逮捕理由なんて何だっていいんだよ。これは二十一年前の悪党退治なんだからよ」

羅はにやりと笑いながら右肩を軽く回すと、いきなり拳を放った。

元秋男は後方に吹っ飛んでいた。

「あと十八発だ」

元秋男はアスファルトに尻を落とし、放心したような表情を浮かべていた。殴られたこと自体、あまり理解していない様子だった。

「さあ、行こうか」

羅の背後から、陳《チャン》はそっと手を差し伸べた。

「行くって――どこに？」

「病院だよ」と、陳は答えた。「娘さんから、君に伝えたいことがあるそうだ」

# エピローグ

まだ暗い大仙《タイシン》病院の前で、陳小生《チャンシウサン》はじっと夜を見つめていた。その暗がりの先には病院のロビーがあり、非常灯だけが灯《とも》っている。見上げると、いくつかの窓から光が零《こぼ》れていた。消灯時間があるのかどうか知らなかったが、何人かの患者は起きているらしい。

ロビーのガラス扉が開き、閉じた。

元秋男《ユンチャウナム》が扉の向こうで立ち止まり、深く長く頭を下げていた。その胸には真っ白な百合《ゆり》の花束を抱えている。陳が用意していたものだった。

一瞬、元秋男の姿に玲玲《レンレン》が重なって見えた。百合は彼女が好きな花だった。

陳は胸の内で呟《つぶや》く。

——二人とも死なずに済んだな。

陳はタバコに火を点《つ》け、「羅《ロー》刑事」と言った。

「これからどうするんだい？」

「これからって？」

「彼のことさ」

元秋男はまだ頭を下げ続けている。

「さあな」と、羅朝森《チウサム》刑事は坊主頭をかく。「多分、会うことは二度とねえだろう」

「そうか。君は優しい男だな」

「はあ？　褒めてんのか、それ」

「そのつもりだよ」

「褒め言葉なんかより金を貸せ」

「それとこれとは話が別だね」

羅はふんと鼻で笑い、愛車であるクラウンの運転席の扉を開けた。

「最後まで見届けないのかい？」

病院のロビーを真《ま》っ直《す》ぐ奥へ進むとエレベーターがある。

石原雪子はその三階の個室で眠っている。

「今更のこのこ現れて父親ぶるのは気に入らねえけどよ、娘に会わずにまた逃亡ってのはさすがにねえだろう。あんな花束を抱えてよ」

「それもそうだね」と、陳は声を上げて笑った。「ああ、そうだ。君に渡すものがあった」

陳はジャガーの助手席から紙袋を一つ取り出し、羅刑事に差し出した。

「何だこれ?」

「約束したろう?　新しいのをプレゼントするって」

ベージュ色のステンカラーコートだった。羅《ロー》刑事はそのコートを広げ、しげしげと眺めていた。

「何とかっていう高級品らしいよ。僕は知らないけれど」

「てめえ、そういうことに関しては情報を集めねえんだな」

「興味がないからね。このジャガーだって好きじゃない」

「一応、礼は言っておくぜ」

照れ隠しだろう、羅はわざとくしゃくしゃにコートを丸め、愛車の後部座席に放《ほう》り投げた。

「腹が減った」

言いながら、羅が運転席に座った。

「付き合うよ」と、陳《チャン》は答えた。「雲呑麺《ワンタンミン》がいいな」

羅はハンドルを握り、唇を歪《ゆが》めていた。

「――いいだろう」

元秋男《ユンチャウナム》が背を向けた。その姿が徐々に小さくなっていく。白い百合の花がほんのりと明るく揺れている。

「おい、行くぜ」
羅の声を聞きながら、陳は元秋男の影を目で追った。
黒い影が暗闇《くらやみ》の中に溶けていく。
そして——完全に消えた。
きっと彼はエレベーターのボタンを押していることだろう。
陳は頷《うなず》き、まだ明けない夜に向かって微笑《ほほえ》んだ。

本書は、二〇一四年八月に小社より単行本として刊行されました。

本書はフィクションであり、登場する人名、団体名などすべて架空のものであり、現実のものとは関係ありません。

ハルキ文庫

い 25-2

枯野光《かれのこう》

著者 池田久輝《いけだひさき》

2018年 12月18日第一刷発行

発行者 角川春樹

発行所 株式会社角川春樹事務所
〒102-0074 東京都千代田区九段南2-1-30 イタリア文化会館

電話 03(3263)5247(編集)
03(3263)5881(営業)

印刷・製本 中央精版印刷株式会社

フォーマット・デザイン 芦澤泰偉
表紙イラストレーション 門坂 流



ISBN978-4-7584-4219-0 C0193 ©2018 Hisaki Ikeda Printed in Japan
http://www.kadokawaharuki.co.jp/[営業]
fanmail@kadokawaharuki.co.jp[編集] ご意見・ご感想をお寄せください。